文春文庫

凶状持

新・秋山久蔵御用控（十二）

藤井邦夫

JN031387

文藝春秋

目次

おもな登場人物

秋山久蔵　南町奉行所吟味方与力。〝剃刀久蔵〟と称され、悪人たちに恐れられている。心形刀流の遣い手。普段は温和な人物だが、悪党に対しては情け無用の冷酷さを秘めている。

神崎和馬　南町奉行所定町廻り同心。久蔵の部下。

香織　久蔵の後添え。亡き先妻・雪乃の腹違いの妹。

大助　久蔵の嫡男。元服前で学問所に通う。

小春　久蔵の長女。

与平　親の代からの秋山家の奉公人。女房のお福を亡くし、いまは隠居。

太市　秋山家の奉公人。おふみを嫁にもらう。

おふみ　秋山家の女中。ある事件に巻き込まれた後、秋山家に奉公するようになる。

幸吉　〝柳橋の親分〟と呼ばれた弥平次の跡を継ぎ、久蔵から手札をもらう岡っ引。

お糸　隠居した弥平次の養女で、幸吉を婿に迎えて船宿『笹舟』の女将となった。息子は平次。

弥平次　女房のおまきとともに、向島の隠居家に暮らす。

勇次　元船頭の下っ引。

雲海坊　幸吉の古くからの朋輩で、手先として働く托鉢坊主。ほかの仲間に、しゃぼん玉売りの由松、蕎麦職人見習いの清吉、風車売りの新八がいる。

長八　弥平次のかつての手先。いまは蕎麦屋『藪十』を営む。

凶状持

新・秋山久蔵御用控（十二）

第一話

凶状持

一

湯島天神《ゆしまてんじん》は学問の神様として庶民の信仰を集め、境内《けいだい》は参拝客で賑わっていた。

しゃぼん玉は七色に輝き、微風に吹かれて鳥居に舞った。

鳥居の前には七味唐辛子売り、飴細工売り、羅宇屋《らうや》、艾《もぐさ》売り、茶飯《ちゃめし》売りなどの様々な行商人が露店を開いていた。

しゃぼん玉売りの由松《よしまつ》は、連なる露店の端に立ってしゃぼん玉を売っていた。

行き交う参拝客に子供は少なく、由松は手持ち無沙汰な面持ちでしゃぼん玉を吹いていた。

しゃぼん玉は煌《きら》めき、行商人や参拝客の頭上を舞い飛んだ。

由松は、舞い飛ぶしゃぼん玉を眼を細めて眺めた。

「一つ貰おうか……」

「は、はい……」

由松は、慌ててしゃぼん玉から視線を移した。

菅笠《すげがさ》を被った人足姿の男が、眼の前に立っていた。

「いらっしゃい。五文ですぜ」

由松は、しゃぼん玉の液の入った竹筒と何本かの短く切った葦《あし》の茎《くき》を渡した。

人足姿の男は、五文を払ってしゃぼん玉の竹筒と葦の茎を受け取った。

目深《まぶか》に被った菅笠の下の人足姿の男の顔が、僅《わず》かに見えた。

あっ……。

由松は、人足姿の男の顔に見覚えがあった。

「じゃあ……」

人足姿の男は、由松の前から立ち去った。

「ありがとうございました」

由松は見送った。

誰だった……。

由松は、菅笠を目深に被って足早に立ち去って行く人足姿の男を見詰めた。

まさか……。

由松は、立ち去って行く菅笠を被った人足姿の男が誰か気が付いた。


大川には屋根船の明りが映えていた。

柳橋《やなぎばし》の船宿『笹舟《ささぶね》』は、船遊びの客で忙しかった。

岡っ引の柳橋の幸吉《こうきち》は、手先の雲海坊《うんかいぼう》と由松の三人で酒を酌み交わしていた。

「博奕打《ばくち》ちの伊佐吉《いさきち》……」

幸吉は、酒の満ちた猪口《ちょこ》を口元で止めた。

「ええ。五年前、博奕打ちの貸元を殺して江戸から逃げた奴です」

由松は報《しら》せた。

「その伊佐吉が江戸に舞い戻っていたか……」

幸吉は眉をひそめた。

「はい。間違いありません」

由松は頷《うなず》いた。

「博奕打ちの伊佐吉か……」

托鉢《たくはつ》坊主の雲海坊は、手酌で酒を飲んだ。

「ええ。当時二十五歳でしたから、今は三十になりますか……」

由松は、伊佐吉の歳を読んだ。

「確か博奕打ちの貸元の余りの悪辣《あくらつ》さを窘《たしな》め、生意気だと殺されそうになり、逆に殺してしまったって一件だったな」

雲海坊は覚えていた。

「はい……」

「そうか。和馬《かずま》の旦那と秋山《あきやま》さまは、博奕打ちの貸元も悪いと、何とか情状を酌量しようとしている内に、貸元の舎弟たちに追われて江戸から逃げた奴だな」

幸吉は、五年前の一件を思い出した。

「はい。そして、凶状持ちになって五年が過ぎ、江戸に何しに舞い戻ったのか……」

由松は眉をひそめた。

「うん。江戸じゃあ殺された貸元の舎弟たちに見付かり、嬲《なぶ》り殺しにされる恐れがあるのにな……」

雲海坊は読んだ。

「そうなんですよ……」

由松は頷いた。

「危ないのは覚悟の上で戻って来たのだろうが、どうしてなのかな」

幸吉は、厳しさを滲《にじ》ませた。

「由松、伊佐吉は二親《ふたおや》も兄弟もいなかったな」

雲海坊は訊《き》いた。

「ええ。ですが恋仲だった女がいました……」

「恋仲だった女か……」

「はい。伊佐吉はその女を残して……」

「逃げたか。で、由松、その女、今、何処《どこ》にいるのか知っているか……」

「確か深川五間堀《ふかがわごけんぼり》の傍の北森下町《きたもりしたちょう》で暮らしていると聞いた覚えがあります」

幸吉は尋《たず》ねた。

由松は告げた。

「よし。明日、雲海坊と捜してみな。俺は和馬の旦那と秋山さまに御報せする」

幸吉は、手筈《てはず》を決めた。

「承知……」

由松と雲海坊は頷いた。

「伊佐吉か……」

幸吉は、手酌で酒を飲んだ。

三味線《しやみせん》の爪弾きが微かに聞こえ、行燈《あんどん》の火は揺れた。


月番の南町奉行所は表門を八文字に開き、多くの人々が出入りしていた。

定町廻《じようまちまわ》り同心の神崎《かんざき》和馬と幸吉は、吟味方与力《ぎんみがたよりき》の秋山久蔵《きゆうぞう》の用部屋を訪れた。

「おう。どうかしたか……」

「はい。柳橋の……」

和馬は、幸吉を促《うなが》した。

「秋山さま、昨日、由松が五年前に博奕打ちの貸元天神《てんじん》の千五郎《せんごろう》を殺して江戸から逃げた博奕打ちの伊佐吉を湯島天神で見掛けたそうです」

幸吉は告げた。

「博奕打ちの伊佐吉……」

久蔵は訊き返した。

「はい。貸元の天神の千五郎の悪辣さを咎《とが》め、生意気だと殺されそうになって逆に殺し、千五郎の舎弟たちに追われて江戸から逃げた博奕打ちの伊佐吉です」

「なに、あの伊佐吉が江戸に舞い戻っていたのか……」

久蔵は眉をひそめた。

「はい……」

「そうか。伊佐吉が江戸に戻ったか……」

久蔵は呟《つぶや》いた。

「五年の間、何処をどう逃げ廻っていたのか知りませんが、何故に今頃、戻って来たのでしょうね」

和馬は眉をひそめた。

「うむ。して柳橋の、伊佐吉の居所は……」

「そいつは分かりませんが、今、雲海坊と由松が伊佐吉と恋仲だったおみよと云う女を捜しています」

「ならば和馬、柳橋の、殺された貸元の千五郎の舎弟たちがどうしているか、天神一家の様子を窺《うかが》ってみるのだな」

久蔵は命じた。

深川北森下町は、弥勒寺《みろくじ》の前を抜けて五間堀に架かっている弥勒寺橋を渡った処にある。

由松と雲海坊は、北森下町の自身番を訪れておみよを捜した。

「此処《ここ》五年以内に町内に引っ越して来たおみよさんですか……」

自身番の店番《たなばん》は、町内名簿を捲《めく》った。

「ええ。歳は三十ぐらいです……」

由松は告げた。

「家族は……」

店番は訊いた。

「家族……」

由松は戸惑った。

「おそらく、一人暮らしだと思うが……」

雲海坊は首を捻《ひね》った。

「五年以内に越して来た一人暮らしで三十歳ぐらいのおみよさんねえ……」

店番は、町内名簿を捲り続けた。

由松と雲海坊は見守った。

「あっ……」

店番が声を洩《も》らした。

「いましたかい……」

由松と雲海坊は、思わず身を乗り出した。

「ああ……」

店番は、吐息を洩らした。

「どうしました」

由松は戸惑った。

「三年前に越して来た三十歳ぐらいのおみよ、いますが、亭主と子供がいますよ」

店番は苦笑した。

「そうですか、他には……」

「ちょっと待って下さいよ……」

店番は、町内名簿を検《あらた》め続けた。

由松と雲海坊は待った。

深川北森下町に〝おみよ〟は五人いた。だが、一人は五十歳過ぎ、二人は子供、一人は二十歳の娘であり、残る一人が三十歳でも亭主と子供のいるおみよだった。

「さあて、どうする……」

雲海坊は由松に訊いた。

「一応、亭主と子供のいるおみよの面《つら》を拝んでみます……」

「歳の頃が合うか……」

「はい……」

由松は頷いた。

雲海坊と由松は、五間堀沿いの道を進んだ。

五間堀は、本所竪川《ほんじょたてかわ》と深川小名木川《おなぎがわ》を結ぶ六間堀《ろっけんぼり》に続く堀割だ。

「此の辺りの筈です」

由松は、自身番の店番に教えられた辺りを見廻した。

小さな家が軒を連ね、五間堀の向こうには弥勒寺の土塀や伽藍《がらん》が見えた。

連なる小さな家の一軒で、おみよと云う三十女が亭主や子供と暮らしているのだ。

「亭主は良吉《りょうきち》って大工で、子供はおきよって五歳の女の子だったな」

雲海坊は、自身番の店番の言葉を思い出した。

「はい……」

由松は、連なる家を眺めた。

伊佐吉に残されたおみよには、子供はいなかった筈だ。

やはり別人なのだ……。

由松は読んだ。

中年の女と幼い女の子が手を繋ぎ、小さな家の裏手から出て来た。

「あっ……」

由松は見詰めた。

「どうした……」

雲海坊は、中年の女と幼い女の子に気が付いて見守った。

中年の女と幼い女の子は、繋いだ手を楽しげに振りながら弥勒寺橋に向かって行った。

由松は見送った。

「由松……」

雲海坊は眉をひそめた。

「はい。おみよに間違いありません」

由松の脳裏には、中年の女を見た瞬間におみよの顔がはっきりと蘇《よみがえ》った。

「よし、追うよ」

雲海坊は、古い饅頭笠《まんじゆうがさ》を目深に被っておみよと幼い女の子の後を尾行《つけ》た。

由松は続いた。


中年の女がおみよなら、手を繋ぐ幼い女の子は子供のおきよだ。

雲海坊と由松は、おみよとおきよを尾行た。

おみよとおきよは弥勒寺橋を渡り、弥勒寺の山門の脇で野菜を売っている老百姓から大根や胡瓜《きゆうり》を買った。そして、おみよは一緒に売っていた風車をおきよに買い与えた。

おきよは喜び、風車を翳《かざ》して弥勒寺の山門前を走り廻った。

「おきよ、走ると転ぶわよ。おきよ……」

おみよは、おきよを心配した。

「大丈夫、見て、おっ母ちゃん……」

おきよは、風車を翳して走り廻った。

「ほんとに、もう……」

おみよは、満ち足りた穏やかな笑みを浮かべ、風車を翳して走り廻るおきよを見守った。

風車は軽やかに廻った。

由松と雲海坊は、物陰から見守った。


大工良吉の家は、五間堀沿いに連なる家並みにあった。

おみよとおきよは、買物を終えて家並みの一軒の家に戻った。

由松と雲海坊は見届けた。

「五年前、おみよに子供はいなかったな」

「はい。神田須田町《かんだすだちょう》の呉服屋に住込みの女中奉公をしていて、独り身だった筈です」

「そうだよな……」

「ええ……」

「よし。じゃあ、俺は大工の良吉とおみよ夫婦の評判を訊いて来る。お前はどうする」

雲海坊は、古い饅頭笠を被り直した。

「伊佐吉が現れるかもしれません。弥勒寺の境内から五間堀越しに見張ります」

由松は告げた。

「よし。じゃあな……」

雲海坊は、経を読みながら立ち去った。

由松は、弥勒寺橋を渡って弥勒寺に入った。


弥勒寺に参拝客は少なかった。

由松は、境内を抜け、植込みの陰を南側の土塀沿いに進んだ。そして、土塀の上に登り、腹這いになって土塀の屋根越しに五間堀を眺めた。

五間堀の向こうの家並みに、大工良吉の小さな家が見えた。

動き難《にく》いが仕方がない……。

凶状持ちの伊佐吉が、おみよの許《もと》に現れるのを見張る……。

由松は、張り込みを開始した。


湯島天神前の同朋町《どうぼうちょう》に、博奕打ちの天神一家の店はあった。

和馬は、幸吉と下っ引の勇次《ゆうじ》と共に明神下《みょうじんした》の通りから中坂をあがって来た。

「あそこですね……」

勇次は、天神一家の店を示した。

天神一家は店を開け、三下が土間の掃除をしていた。

「天神一家、五年前に貸元の千五郎が殺された後、舎弟で代貸だった金蔵《きんぞう》が跡目を継いでいますぜ」

幸吉は、和馬に報せた。

「金蔵か……」

和馬は、厳しさを過《よ》ぎらせた。

「ええ……」

「見た処、殺気だっている様子はありませんね」

勇次は、天神一家の様子を窺った。

「ああ。天神一家の奴ら、伊佐吉が江戸に舞い戻って来たのを知らないようだな」

和馬は読んだ。

「ええ……」

幸吉は頷いた。

「旦那、親分……」

勇次が、中坂を駆け上がって来る派手な半纏《はんてん》を着た男に気が付いた。

派手な半纏を着た男は、中坂を上がって天神一家に駆け込んだ。

「和馬の旦那……」

「ああ。伊佐吉、気が付かれたかな……」

和馬は眉をひそめた。

「ええ……」

幸吉は頷き、天神一家を見詰めた。

僅かな刻《とき》が過ぎた。

数人の博奕打ちが、天神一家から現れて中坂を足早に下りて行った。

「よし。俺が追う。柳橋は金蔵を頼む」

「承知。勇次、旦那のお供をしな」

「はい」

和馬と勇次は、中坂を下っていく博奕打ちたちを追った。

幸吉は、引き続き天神一家を見張った。

五間堀の流れは緩やかだった。

由松は、弥勒寺の土塀に潜み、五間堀越しに大工の良吉の家を見張った。

おみよは、家の前を掃除し、洗濯物を取込み、晩飯の仕度など、忙しく働いていた。

雲海坊の経が聞こえた。

由松は、土塀から下りて弥勒寺橋に急いだ。

弥勒寺橋の袂《たもと》に雲海坊がいた。

由松は、それとなく近付いた。

「妙な事はないようだな」

雲海坊は、古い饅頭笠を上げて五間堀の向こうの良吉の家を眺めた。

「はい。で、何か分かりましたか……」

由松は、雲海坊に聞き込みの結果を尋ねた。

「おみよと良吉、仲の良い夫婦だそうだぜ」

「そいつは良かった」

由松は、思わず笑みを浮かべた。

「ああ。で、子供のおきよだが、良吉の連れ子だそうだ」

　雲海坊は告げた。

「じゃあ、おみよは良吉の後添《のちぞ》えですかい」

　由松は知った。

「うん。おきよのおっ母さんは流行り病で死んでな。良吉が男手一つでおきよを育てていたそうでな。そして、普請《ふしん》先のお店に女中奉公していたおみよに惚れ、おみよも男手一つでおきよを育てている良吉が気になっていた」

　雲海坊は笑った。

「で、所帯を持ちましたか……」

「うん。そして、おきよと家族三人で此処に越して来た」

「そうですか……」

「ああ。おみよは今、亭主の良吉、子供のおきよと三人で幸せに暮らしている。如何《いか》に恋仲だったとは云え、今更、伊佐吉とは逢わない方が良いな」

　雲海坊は告げた。

「ええ。伊佐吉はおみよを残してさっさと逃げたんです。棄てたんです。そんな伊佐吉に逢っちゃあならない……」

由松は、厳しい面持ちでおみよのいる小さな家を見詰めた。

「由松……」

「おみよが摑《つか》んだ幸せ。壊しちゃあならねえ……」

由松は、微かな怒りを過ぎらせた。

五間堀の緩やかな流れは、昼下りの陽差しに鈍色《にびいろ》に輝いた。

神田明神《かんだみょうじん》は参拝客で賑わっていた。

天神一家の博奕打ちたちは、境内に散って誰かを捜し始めた。

和馬と勇次は見守った。

「誰かを捜しているようですね」

勇次は睨《にら》んだ。

「ああ、伊佐吉かもしれない……」

和馬は読んだ。

博奕打ちの一人が、誰かを捜しながら和馬と勇次の方にやって来た。

「よし……」

和馬は、嘲笑《ちょうしょう》を浮かべて博奕打ちの前に立ち塞《ふさ》がった。

博奕打ちは驚いた。

「おう。ちょいと面を貸して貰おうか……」

「えっ……」

博奕打ちは狼狽《うろた》えた。

和馬は、構わず博奕打ちを物陰に引き摺《ず》り込んだ。

二

和馬は、博奕打ちを宝物蔵の裏に連れ込んだ。

勇次が逃げ道を塞いだ。

「旦那、あっしが何か……」

博奕打ちは惚《とぼ》けた。

「誰を捜しているんだ……」

和馬は笑い掛けた。

「えっ。誰も捜しちゃあいませんが……」

博奕打ちは、笑って誤魔化《ごまか》そうとした。

「惚けるんじゃあねえ……」

和馬は、博奕打ちの顔を平手打ちにした。

博奕打ちはよろめいた。

勇次が博奕打ちを捕まえ、宝物蔵の土壁に押し付けた。

「手前《てめえ》、名前は何て云うんだ」

和馬は、博奕打ちを見据えた。

「う、丑松《うしまつ》……」

「天神一家の丑松か……」

「は、はい……」

「丑松、誰を捜しているんだ……」

「そ、それは……」

博奕打ちの丑松は躊躇《ためら》った。

「丑松、盗みに騙《かた》り、強請《ゆすり》に集《たか》り、辻強盗に人殺し、好きな罪科を選ぶんだな……」

「えっ……」

「何なら、手向かった罪で、今直ぐ叩き斬ってやっても良いんだぜ」

和馬は、嘲《あざけ》りを浮かべて脅した。

「だ、旦那……」

丑松は、恐怖に震えた。

「天神一家は誰を捜しているんだ」

「伊佐吉、伊佐吉って野郎です」

「伊佐吉か……」

「はい。五年前、天神一家の先代、千五郎の貸元を殺して江戸から逃げた野郎で、神田明神で見掛けたってんで……」

「旦那……」

「ああ。で、そいつは貸元の金蔵の指図なんだな……」

「はい。捕まえて嬲り殺しにしてやると……」

丑松は、怯《おび》えたように声を震わせた。

「そうか、良く分かった。丑松、此の事が金蔵に知れるとお前の命も危ない。誰にも内緒にするんだな」

和馬は笑い掛けた。

「は、はい。そりゃあもう……」

丑松は、恐ろしげに頷いた。

「じゃあ、行きな……」

和馬は、丑松を解放した。

「御免なすって……」

丑松は駆け去った。

「旦那、ちょいと追ってみます」

「うん。気を付けてな……」

和馬は頷いた。

「はい……」

勇次は、丑松を追った。

天神一家の貸元金蔵は、伊佐吉が江戸に舞い戻ったと知り、追手を掛けた。

伊佐吉は、金蔵たち博奕打ちに捕まれば嬲り殺しにされる。

そうはさせるか……。

和馬は、厳しさを滲ませた。

南町奉行所の用部屋には、夕陽が差し込んでいた。

「そうか、天神一家の金蔵たち博奕打ちも伊佐吉が江戸に舞い戻ったと知り、捜し始めたか……」

久蔵は苦笑した。

「はい。配下の博奕打ちたちが湯島天神や神田明神などを捜し始めました」

和馬は告げた。

「で、恋仲だったおみよの方はどうだ……」

「はい。おきよって連れ子のいる良吉と云う大工の後添えになり、深川は弥勒寺前、北森下町で親子三人、仲良く暮らしているそうでして、雲海坊と由松が見張っています」

幸吉は告げた。

「伊佐吉が現れるかもしれないか……」

久蔵は読んだ。

「はい。雲海坊と由松は、伊佐吉が現れたら、おみよに逢う前に何としてでもお縄にするつもりです」

「幸せに暮らしているおみよに、今更逢わせない方が良いか……」

「はい……」

幸吉は頷いた。

「天神一家の博奕打ちたちが余計な真似をしなければ良いのですが……」

和馬は心配した。

「天神一家の博奕打ちか……」

久蔵は眉をひそめた。

五間堀の緩やかな流れに月影が揺れた。

大工道具箱を担いだ中年の職人が弥勒寺橋を渡り、軽い足取りで五間堀沿いに進んだ。

由松と雲海坊は、対岸の暗がりに潜んで見守った。

「おう。今、帰ったぜ」

中年の職人は、大工良吉の家に入った。

「お帰りなさい……」

「お帰り……」

おみよとおきよの弾んだ声が迎えた。

「おみよの亭主の大工の良吉ですね」

由松は見定めた。

「ああ。仲が良さそうだな……」

雲海坊は微笑《ほほえ》んだ。

「ええ……」

由松は、良吉の家を見詰めた。

明りの灯されている家から、おきよ、良吉、おみよの楽しげな笑い声が洩れて来た。

「由松……」

雲海坊が、弥勒寺橋にやって来た半纏を着た男を示した。

由松は、半纏を着た男を見詰めた。

伊佐吉ではない……。

半纏を着た男は、五間堀沿いに連なる家々を窺った。

誰だ……。

由松と雲海坊は緊張した。

半纏を着た男は、五間堀沿いの道を良吉の家に進んだ。

「由松、ひょっとしたら……」

「ええ。天神一家の博奕打ちかもしれません」

由松は睨んだ。

「うん。だったら、どうする……」

「お縄にして一件のけりがつく迄《まで》、大番屋《おおばんや》に叩き込んだらどうでしょう」

由松は、半纏を着た男を見詰めた。

「そいつが一番かな……」

「じゃあ……」

由松は、弥勒寺橋を渡って暗がり伝いに半纏を着た男を追った。

雲海坊は続いた。


半纏を着た男は、良吉の家に近付いて中を覗《のぞ》こうとした。

由松は、立ち塞がった。

半纏を着た男は驚き、身を翻《ひるがえ》して弥勒寺橋に逃げた。

由松は追った。

半纏を着た男は、弥勒寺橋を渡ろうとした。

暗がりにいた雲海坊が、錫杖《しゃくじょう》を唸《うな》らせた。

半纏を着た男は、錫杖で向う臑《ずね》を打たれて倒れた。

由松が追い縋《すが》り、倒れた半纏を着た男を押さえ付けた。

「手前、天神一家の者だな……」

由松は睨み付けた。

「ああ、下手な真似をすれば、只じゃあ済まねえぞ」

半纏を着た男は、踠《もが》きながら凄んだ。

「面白え。その前に岡っ引の柳橋一家が天神一家を叩き潰してやるぜ」

由松は冷笑した。

「柳橋……」

半纏を着た男は怯《ひる》んだ。

由松は、半纏を着た男を張り飛ばして捕り縄を打った。

良吉の家から楽しげな笑い声が洩れた。

柳橋の船宿『笹舟』は、川風に暖簾《のれん》を揺らしていた。

雲海坊は、事の次第を幸吉に報せた。

「そうか。天神一家の博奕打ちをお縄にして大番屋に叩き込んだか……」

幸吉は笑った。

「はい。大番屋には和馬の旦那の御指図だと。で、出来るなら一件のけりが着く迄……」

「叩き込んでおくように和馬の旦那に頼んでおくぜ」

「宜しくお願いします」

雲海坊は頭を下げた。

「何《いず》れにしても、天神一家の貸元金蔵、伊佐吉がおみよの許に現れると読んでいるとしたら、此からも危ないな……」

「ええ。おみよは亭主の良吉やおきよと穏やかに暮らしています。由松は伊佐吉にしろ天神一家の博奕打ちにしろ、おみよに逢わせちゃあならねえと……」

雲海坊は告げた。

「うん。よし、新八《しんぱち》と清吉《せいきち》も助っ人に行かせる。由松と四人でおみよたちの周りを秘かに固めてくれ」

幸吉は命じた。

「承知……」

雲海坊は頷いた。

「それにしても伊佐吉、何しに江戸に戻って来たのか……」

幸吉は眉をひそめた。

行燈の火は瞬《また》いた。


深川五間堀に朝陽が映え、行き交う舟の櫓《ろ》の軋《きし》みが響いた。

「じゃあ、行って来るぜ」

「いってらっしゃい。お父っちゃん……」

「お前さん、お気を付けて……」

大工の良吉は、おみよとおきよに見送られて道具箱を担いで仕事に出掛けた。

「よし、俺が良吉を追うよ……」

雲海坊は、饅頭笠を被り直して弥勒寺橋を渡って行く良吉を追った。

由松は見送り、新八と清吉を良吉の家の左右に張り付け、三箇所からの見張りを始めた。

おみよは、おきよを遊ばせながら洗濯をし、家の周りを掃除し、内職の組紐作りと忙しく働いた。

女房や母親として忙しいのも幸せの内だ。

見張りが無駄になれば、それに越した事はない……。

由松は見守った。


湯島天神は賑わっていた。

勇次は、物陰から天神一家を見張っていた。

幸吉が和馬と一緒に中坂を上がって来た。

和馬は、幸吉に雲海坊と由松が捕らえた天神一家の博奕打ちを大番屋に叩き込んだのを聞き、事の次第を了解した。

「こりゃあ和馬の旦那、親分……」

勇次は迎えた。

「どうだ、変った事はないか……」

「相変わらず、博奕打ちたちが忙しく出入りしていますが、貸元の金蔵は動いちゃあおりません」

「そうか……」

「それから、さっき博奕打ちの丑松から訊いたんですが、博奕打ちが一人、昨日から姿を消したままだそうでしてね。天神一家じゃあ伊佐吉に殺《や》られたんじゃあないかと……」

勇次は、和馬と脅した博奕打ちの丑松と秘かに繫ぎを取り始めていた。

「雲海坊と由松が大番屋に叩き込んだ奴の事ですね」

幸吉は睨んだ。

「ああ。面白くなったな」

和馬は笑った。


不忍池《しのばずのいけ》の中ノ島弁財天には、多くの参拝客が訪れていた。

雲海坊は、不忍池の畔《ほとり》の普請場を見守っていた。

普請場は、浅草材木町《あさくさざいもくちょう》の大工『大松《だいまつ》』が請負った室町《むろまち》の米問屋の隠居所であり、良吉と三人の若い大工が働いていた。

良吉は、大工『大松』の老棟梁の松五郎《まつごろう》に棟梁代を命じられ、普請場を取り仕切っていた。

雲海坊は、普請場の周囲に不審な者はいないか見廻した。

今の処、伊佐吉や天神一家の博奕打ちらしき者はいなかった。

雲海坊は、微かな安堵《あんど》を覚えた。

良吉は、三人の若い大工を指図して仕事を手際良く進めていた。

腕の良い大工だ……。

雲海坊は感心した。


深川五間堀沿いの良吉の家は、訪れる者もいなく静かだった。

新八と清吉は、五間堀の堀端と弥勒寺橋の袂から見張っていた。

変った事はない……。

新八と清吉は見張った。

良吉の家の腰高障子《こしだかしょうじ》が開き、おみよがおきよを連れて出て来た。

おきよは、竹籠《たけかご》を持っていた。

買物か……。

新八と清吉は読み、追った。

おみよは、竹籠を持つおきよと手を繋いで弥勒寺橋に向かった。

おみよとおきよは、五間堀に架かっている弥勒寺橋を渡らず、北森下町の通りに進んだ。

新八と清吉は、二人の周囲に伊佐吉や天神一家の博奕打ちらしき者がいないか警戒した。

今の処、伊佐吉も博奕打ちらしき者もいない……。

新八と清吉は、慎重に見定めながら追った。

おみよとおきよは、豆腐屋や魚屋で買物をした。

新八と清吉は見守った。


おみよは、買った豆腐や魚を入れた竹籠を手にし、おきよを連れて戻って来た。

しゃぼん玉が微風に吹かれ、七色に輝きながら舞い飛んで来た。

「あっ、しゃぼん玉だ……」

おきよは、しゃぼん玉を見上げて叫んだ。

しゃぼん玉は、弥勒寺橋の向こうにある弥勒寺の山門前から飛んで来ていた。

弥勒寺の山門前に野菜を売る老百姓がおり、隣にしゃぼん玉売りがいた。

おきよは、舞い飛ぶしゃぼん玉を追って弥勒寺橋を走った。

「おきよ……」

おみよは慌てて追った。

おきよは、弥勒寺山門前にいるしゃぼん玉売りの前に立った。

「やあ……」

しゃぼん玉売りの由松は、おきよに笑い掛けた。

おきよは笑い返した。

由松は、しゃぼん玉を吹いた。

しゃぼん玉は七色に輝いて舞い飛んだ。

「わあ、凄い、凄い……」

おきよは、手を叩いて喜んだ。

「おきよ……」

おみよが近寄り、由松に会釈《えしゃく》をした。

由松は、会釈を返した。

「おっ母ちゃん、しゃぼん玉、綺麗だねえ」

おきよは、舞い飛ぶしゃぼん玉を楽しげに見上げた。

「ええ……」

おみよは、舞い飛ぶしゃぼん玉に眼を細めた。

「嬢ちゃん、吹いてみるかい……」

由松は、新しい葦をおきよに差し出した。

「おっ母ちゃん……」

おきよは躊躇い、おみよを振り返った。

「遠慮はいらないさ」

由松は笑った。

「じゃあ、おきよ、一度だけですよ」

おみよは微笑んだ。

「うん……」

おきよは、葦の先にしゃぼん玉の液を付けて吹いた。

しゃぼん玉が七色に輝いて舞い飛んだ。

「うわあ、綺麗……」

おきよは、嬉しげに舞い飛ぶしゃぼん玉を見上げた。

「ええ。綺麗ねえ……」

おみよは舞い飛ぶしゃぼん玉に見惚れた。

「嬢ちゃん、此を持っていきな」

由松は微笑み、しゃぼん玉液の入った竹筒を差し出した。

「えっ……」

おきよは戸惑った。

「あの、お代は如何ほどで……」

おみよは慌てた。

「お代は要らないよ。あっしのしゃぼん玉を誉めてくれたお礼だからね」

由松は微笑んだ。

「そんな。良いんですか……」

「ええ。おきよちゃん、うちでお父っちゃんにも見せてあげるんだね」

「うん。お父っちゃんが仕事から帰って来たら見せてあげる」

おきよは、嬉しげに頷いた。

「すみません。ありがとうございます」

おみよは、由松に深々と頭を下げた。

「ありがとう。おじさん……」

おきよは、おみよに倣《なら》った。

「ああ。良い子だ……」

由松は笑った。

しゃぼん玉は舞った。

おきよは、しゃぼん玉を吹きながら家に帰って行った。

おみよは、由松に何度も頭を下げながら続いた。

由松は見送った。

新八と清吉は、おみよとおきよが家に帰るのを見届け、由松に駆け寄った。

「妙な奴はいなかったようだな」

「はい……」

新八と清吉は頷いた。

「よし。油断せずに引き続き見張るんだぜ」

由松は命じた。

「合点です……」

新八と清吉は、見張りの持ち場に走った。

「父っつあん、邪魔したね……」

由松は、野菜売りの老百姓に詫《わ》びた。

不忍池の普請場の作業は続いた。
三人の若い大工は、良吉の指図通りに働いていた。
慕われている……。
雲海坊は、良吉が三人の若い大工に敬われ、慕われているのを知った。
普請場の向こうの物陰に男がおり、良吉を窺っていた。
雲海坊は気が付いた。
誰だ……。
良吉を窺う男の顔は、良く分からなかった。
雲海坊は、物陰の男に眼を凝らした。
伊佐吉か天神一家の博奕打ちか……。
何れにしろ、良吉の様子を窺っているのは間違いない。
顔を見定める……。
雲海坊は、普請場を廻り込んで物陰の男に近付いた。
物陰にいた男は、雲海坊に気が付いて身を翻した。
野郎……。

雲海坊は追った。

三

男は、連なる寺と大名屋敷の間の道を逃げた。
雲海坊は、薄汚れた衣を翻して追った。男の逃げ足は速かった。
雲海坊は、離されながらも懸命に追った。
男は、寺の連なりを駆け抜けて根津権現《ねづごんげん》門前の宮永町《みやながちよう》に向かった。
雲海坊は追った。
男は、宮永町に逃げ込んだ。
雲海坊は必死に走った。
雲海坊は、宮永町に駆け込んだ。
男の姿は何処にも見えなかった。
逃げられた……。
雲海坊は、錫杖を頼りに立ち止まり、息を激しく鳴らした。

おそらく男は伊佐吉だ……。

雲海坊は睨んだ。

伊佐吉は、恋仲だったおみよと所帯を持った大工の良吉に何の用があるのだ。

雲海坊は眉をひそめた。

何れにしろ伊佐吉は、宮永町を始めとした根津権現門前町の何処かに潜んでいるのかもしれない。

雲海坊は、乱れた息を整えて宮永町の木戸番の許に急いだ。


湯島天神前同朋町の天神一家から貸元の金蔵は出掛けず、伊佐吉らしい男が現れる事もなかった。

和馬、幸吉、勇次は、物陰から見張り続けていた。

天神一家から三下たちが現われ、辺りを窺って警戒し始めた。

「貸元の金蔵、漸《ようや》くお出ましかな……」

和馬は読んだ。

「きっと……」

幸吉は、鋭い眼差しで天神一家を見詰めた。

羽織を着た痩せた中年の男が用心棒の浪人と二人の博奕打ちを従え、天神一家から出て来た。

「羽織を着た痩せた中年男が貸元の天神の金蔵です」

勇次が告げた。

「奴が金蔵か……」

和馬は、用心棒と二人の博奕打ちに護られて中坂を下りて行く金蔵を見詰めた。

「はい……」

「よし。追うよ」

「勇次、先に行きな……」

幸吉は、勇次を先に尾行させて和馬と共に後に続いた。

天神の金蔵たちは、中坂から明神下の通りに出て下谷《したや》広小路に向かった。

勇次は追い、和馬と幸吉が続いた。

「金蔵、随分と警戒しているな」

和馬は眉をひそめた。

「ええ。と云う事は、金蔵は伊佐吉に狙われている……」

幸吉は読んだ。

「そうなるが、伊佐吉が何故、金蔵を狙っているかだな」

「ええ。狙われ、追われているのは前の貸元の千五郎を殺した伊佐吉で、金蔵たちは追っている方だと思ったのですが……」

「柳橋の。五年前の伊佐吉の千五郎殺し、只の揉め事の挙句じゃあないのかもな……」

和馬は読んだ。

「和馬の旦那、ひょっとしたら何か裏がありますか……」

幸吉は、微かな緊張を過ぎらせた。

天神の金蔵たちは、下谷広小路の賑わいから山下に抜けて入谷《いりや》に進んだ。

勇次は尾行た。

天神の金蔵たちは、入谷鬼子母神《きしもじん》近くの小さな古寺に入った。

勇次は見届けた。

和馬と幸吉がやって来た。

「金蔵たちは……」

幸吉は尋ねた。

「あの小さな古寺に入りました。きっと賭場《とば》だと思います」

勇次は睨んだ。

「ああ。だとしたら伊佐吉が現れるかもしれないな」

幸吉は読んだ。

「うむ……」

和馬は頷いた。

「和馬の旦那、此処はあっしたちが見張ります。旦那は秋山さまに五年前の千五郎殺しの事を……」

幸吉は勧めた。

「うむ。そうさせて貰う……」

和馬は、厳しい面持ちで頷き、南町奉行所の久蔵の許に急いだ。

「何、貸元の天神の金蔵、伊佐吉を追っているだけじゃなく、警戒もしているだと……」

久蔵は眉をひそめた。

「はい。秋山さま、ひょっとしたら伊佐吉は金蔵の命を獲る為に江戸に舞い戻ったのかもしれません」

和馬は睨んだ。

「となると、五年前の千五郎殺し、伊佐吉との只の揉め事じゃあなく、裏があるか……」

久蔵は読んだ。

「おそらく……」

和馬は頷いた。

「よし。和馬、千五郎殺し、もう一度、洗ってみな……」

久蔵は命じた。

「心得ました。では……」

和馬は、久蔵の用部屋を出た。

「裏か……」

久蔵は苦笑した。

根津権現門前宮永町の自身番の者や木戸番は、凶状持ちの伊佐吉を見掛けてはいなかった。

伊佐吉は、宮永町から根津権現に抜け、本郷《ほんごう》か千駄木《せんだぎ》に逃げたのかもしれない。

此迄だ……。

雲海坊は、追跡を諦めた。

陽は西に大きく傾き始めた。

夕暮れ時。

深川弥勒寺から読経が響いていた。

五間堀に架かっている弥勒寺橋には、仕事仕舞いをした者たちが足早に行き交った。

由松、新八、清吉は、五間堀沿いにある大工良吉の家を見張った。

大工良吉の家からは、味噌汁の香りや魚を焼く匂いが漂っていた。

道具箱を担いだ良吉が帰って来た。

由松、新八、清吉は見守った。

「今、帰ったぜ」

良吉は、家に入った。

「お帰りなさい……」

「お父っちゃん、しゃぼん玉だよ」

おみよとおきよの声がした。

由松は、良吉の家を見守った。

「変った事はなかったようだな……」

雲海坊が良吉を追って現れた。

「ええ。で、雲海坊さんの方は……」

「普請場に伊佐吉らしい奴が現れたよ」

雲海坊は苦笑した。

「で、どうしました」

由松は身を乗り出した。

「根津権現門前の宮永町迄追ったんだが、逃げられてしまった」

雲海坊は、微かな悔しさを過ぎらせた。

「そうですか……」

良吉の家の腰高障子が開いた。

雲海坊と由松は、良吉の家を見詰めた。

「お父っちゃん、早く……」

おきよが、着替えた良吉の手を引いて出て来た。

由松と雲海坊は見守った。

「見ててね、お父っちゃん……」

おきよは、しゃぼん玉を吹いた。

しゃぼん玉は夕暮れの空に舞い飛んだ。

「おう、凄い、凄い……」

良吉は、舞い飛ぶしゃぼん玉を見上げて手を叩いた。

「うん。綺麗でしょう」

おきよは、良吉に誉められて嬉しげにしゃぼん玉を吹いた。

「由松のしゃぼん玉は江戸一番だからな……」

雲海坊は、由松がおみよに近付いたのに気が付き、苦笑した。

「長い張り込みになりそうなので、気が付かれる前に……」

「そうか……」

由松と雲海坊は、しゃぼん玉を吹くおきよと良吉を眺めた。

おきよと良吉は、楽しげにしゃぼん玉を吹いた。

しゃぼん玉は舞い飛んだ。

「お前さん、おきよ、御飯ですよ」

おみよが、戸口から顔を出した。

「おう。さあ、おきよ。御飯だ」

「うん……」

良吉は、おきよを抱いて家に入って行った。

由松と雲海坊は見送った。

しゃぼん玉は、夕暮れの空を舞って消えた。


入谷の小さな古寺は、睨み通り天神一家の賭場だった。

小さな古寺の山門内では、天神一家の三下たちが訪れる博奕客を検め、賭場に誘《いざな》っていた。

幸吉と勇次は、斜向《はすむか》いの雑木林から見張っていた。

「天神の金蔵、随分と厳しく客を検めていますね」

勇次は眉をひそめた。

「ああ。伊佐吉が紛れ込むのを恐れているのだろう」

幸吉は読んだ。

「ですが、前の貸元の千五郎を殺して、金蔵に追手を掛けられている伊佐吉がわざわざ危ない処に現れますかね」

勇次は首を捻った。

「勇次、五年前の千五郎殺しには何か裏がありそうだぜ」

「裏ですか……」

「ああ。だから、金蔵は伊佐吉を恐れ、警戒している……」

幸吉は睨んだ。

「そうなんですか。あっ……」

勇次は、小さな古寺の一方の土塀を見て小さな声を上げた。

「どうした……」

「今、土塀を乗り越えて忍び込んだ奴が……」

勇次は、土塀を見詰めて告げた。

「伊佐吉かな……」

幸吉は、緊張を滲ませた。

賭場に来る客は途絶え、小さな古寺は静寂に覆われた。

山門前の三下たちは、小さな古寺の賭場に入った。

「よし、潜り込むぜ」

「はい……」

幸吉と勇次は、暗がりを走って小さな古寺の山門を潜《くぐ》った。

賭場は小さな古寺の家作にあり、盆茣蓙《ぼんござ》を囲む客たちの熱気に溢《あふ》れていた。

幸吉と勇次は、次の間から賭場を窺った。

刹那《せつな》、頰被《ほおかぶ》りをした男が跳び込み、燭台《しょくだい》を蹴倒し、長脇差《ながわきざし》を構えて胴元の座にいる金蔵に走った。

「賭場荒しだ……」

賭場の客たちが悲鳴を上げ、博奕打ちたちの怒声が響いた。

頰被りをした男は、金蔵に猛然と斬り掛かった。

用心棒の浪人は、刀を抜いて頰被りの男の長脇差を打ち払った。

頰被りの男はよろめいた。

博奕打ちたちは、匕首《あいくち》を抜いて頰被りの男を取り囲んだ。

拙《まず》い……。

幸吉は、呼び子笛を吹き鳴らした。

勇次は倣った。

呼び子笛の音が鳴り響いた。

博奕打ちたちは狼狽え、賭場の客たちは我先に逃げ出した。

頰被りの男は、賭場の客たちに紛れて逃げた。

「勇次……」

幸吉は、頰被りの男を追った。

勇次が続いた。

倒れた燭台の火が盆茣蓙に燃え移り、炎が大きく上がった。

「消せ、火を消せ……」

博奕打ちたちは慌てた。


幸吉と勇次は、小さな古寺を走り出た。

賭場の客たちは、下谷に向かって駆け去って行った。

幸吉と勇次は、頰被りをした男を捜した。

「親分……」

勇次は、浅草に続く田舎道を走って行く頰被りの男を示した。

「勇次、追うよ」

「承知……」

幸吉と勇次は、田舎道を走り去る頰被りの男を追った。


頰被りの男は、田畑の間の田舎道を走り抜けて南に曲がった。

南には多くの寺が山門を連ねている。

幸吉と勇次は、頰被りの男を追って田舎道を南に曲がった。

連なる寺の間の長い道は暗く、頰被りの男は疎《おろ》か誰もいなかった。

「親分……」

勇次は焦った。

「ああ……」

幸吉は、寺の間の暗く長い道を見詰めた。

「逃げられましたね」

勇次は、悔しさを露《あら》わにした。

「勇次、頰被りの野郎、俺たちが此処に来る前に此の長い道を駆け抜けたとは思えない……」

「って事は、親分、頰被りの野郎は……」

勇次は、暗く長い道を見詰めた。

「ああ。此の長い道にある寺の何処かに潜んでいるのかもしれない」

幸吉は睨んだ。

長い道に連なる寺の屋根は、月明かりを浴びて蒼白く浮かんでいた。

「入谷の天神の賭場が荒された……」

和馬は眉をひそめた。

「ええ……」

幸吉は頷いた。

「伊佐吉か……」

和馬は読んだ。

「そいつが、頰被りをして顔を隠していましてね。ですが、間違いないでしょう」

「となると、やはり伊佐吉は金蔵を狙っているか……」

和馬は苦笑した。

「ええ。で、何か分かりましたか……」

「うむ。雲海坊と由松が大番屋に叩き込んだ天神一家の博奕打ちを締め上げたんだが、五年前、伊佐吉は天神一家の代貸だった金蔵と仲良く酒を飲んでいたと云っていたぜ」

和馬は報せた。

「仲良く酒を……」

幸吉は眉をひそめた。

「ああ。そいつが今は、命を狙い、狙われている……」

和馬は、想いを巡らせた。

「ええ。何があったのか……」

「ま、引き続き調べてみるよ。して、伊佐吉が潜んでいると思われる浅草新寺町《しんてらまち》の寺は……」

「今、勇次が調べています。あっしも此から行きます」

「そうか。よし、俺も此の事を秋山さまに御報せして、引き続き五年前の事を急いで調べてみるぜ……」

和馬は告げた。

浅草新寺町に寺は数え切れない程ある。

頰被りをした伊佐吉は、おそらく此の数多くの寺の何処かに潜んでいるのだ。

勇次は、連なる寺を調べ歩き、住職や寺男たちに聞き込みを掛けた。

「近頃、草鞋《わらじ》を脱いだ旅人ですかい……」

寺男は訊き返した。

「ええ。そんな旅人のいる寺、知りませんかね……」

「さあ、知りませんねえ」

寺男は首を捻った。

「そうですかい。御造作をお掛けしました」

勇次は、落胆する暇もなく次の寺に聞き込みに走った。

「勇次……」

幸吉が駆け寄って来た。

「親分……」

「御苦労だな。どうだ……」

「そいつが中々……」

勇次は苦笑した。

「そうか。よし、ちょいと休んでいな……」

幸吉は、勇次を労《ねぎら》って傍らの寺を訪れ、境内の掃除をしている寺男に聞き込みを始めた。

深川弥勒寺の境内には、僧侶たちの読経が重々しく響いていた。

五間堀は弥勒寺の横手を流れ、架かっている弥勒寺橋の通りは北森下町に繋がっている。

由松は弥勒寺の門前、新八は弥勒寺橋の南詰、清吉は東側にある武家屋敷の土塀の陰から五間堀沿いの良吉の家を見張り続けた。

おみよは、今日も仕事に行く亭主の良吉を見送り、掃除洗濯をして内職の組紐作りに励んだ。

「変った事はないようだな……」

由松の傍に雲海坊が現れた。

「ええ。伊佐吉、おみよの居場所を知らないのかもしれませんね」

「いや。伊佐吉が良吉の働く普請場に現れた。って事は、おみよが良吉と所帯を持ち、何処に住んでいるかも知っている筈だ」

雲海坊は読んだ。

「成る程……」

由松は頷いた。

口笛が短く鳴った。

雲海坊と由松は、弥勒寺橋の南詰の新八を見た。

新八は、弥勒寺橋から続く北森下町の通りを示した。

由松と雲海坊は、五間堀に架かっている弥勒寺橋を渡った。

「由松さん、通りの向こうに三度笠に縞《しま》の合羽《かっぱ》の渡世人《とせいにん》が……」

新八は、北森下町の通りを示した。

「三度笠に縞の合羽の渡世人……」

由松は眉をひそめた。

「はい……」

「雲海坊の兄貴、此処を頼みます」

「ああ、任せておけ……」

雲海坊は頷いた。

「新八……」

由松は、新八を連れて北森下町の通りを進んだ。

四

北森下町の通りは、南の深川小名木川に続いている。

由松と新八は、北森下町の辻や路地を窺いながら進んだ。

或る路地の奥から女の悲鳴が上がった。

由松と新八は、路地に走り込んだ。

中年のおかみさんが倒れていた。

「どうした、おかみさん……」

新八は駆け寄った。

「い、今、渡世人が私を突き飛ばして……」

おかみさんは、路地の奥を指差した。

由松と新八は、路地の奥に走った。そして、突き当たりを曲がった。

路地は続き、奥の曲がり角に翻る縞の合羽の端が僅かに見えた。

由松と新八は追った。

雲海坊は、清吉を弥勒寺橋の南詰に呼んで良吉の家の護りを固めた。

「良いか、清吉。三度笠に縞の合羽の渡世人だ。何があっても、良吉の家に近付けるな」

雲海坊は命じた。

「合点です」

清吉は頷き、後ろ腰に差した鼻捻《はなねじ》を握り締めて辺りを窺った。

由松と新八は、路地から走り出た。

三度笠に縞の合羽の渡世人は、通りを弥勒寺橋に向かっていた。

おみよに逢いに行く……。

由松は焦った。

おみよは、昔恋仲だった伊佐吉に逢ったらどうする。

伊佐吉を拒否するのか、それとも良吉とおきよを棄てるのか……。

由松は追った。
雲海坊と清吉は、弥勒寺橋の南詰を固めていた。
しゃぼん玉が舞い飛んだ。
雲海坊は、良吉の家を振り返った。
おきよが、家の前に出て来てしゃぼん玉を吹いていた。
拙い……。
雲海坊は眉をひそめた。
おきよは、しゃぼん玉を吹いた。
しゃぼん玉は、微風に乗って七色に輝いて舞い飛んだ。
「おきよ……」
おみよが家から出て来た。
「おっ母ちゃん、見て、しゃぼん玉……」
おきよは、舞い飛ぶしゃぼん玉を見上げて声を弾ませた。
今、伊佐吉が現れたら……。
雲海坊は焦った。

「雲海坊さん……」

清吉が、通りを見据えて鼻捻を握り締めた。

伊佐吉が来た……。

雲海坊は、咄嗟《とっさ》におみよとおきよの許に向かった。

「嬢ちゃん、綺麗なしゃぼん玉だね……」

雲海坊は、通りを隠すように立って笑い掛けた。

「うん……」

おきよは、嬉しげに頷いた。

「此はお坊さま……」

おみよは、雲海坊に会釈をした。

「おきよのしゃぼん玉、綺麗でしょう」

おきよは、誉められて張り切ってしゃぼん玉を吹いた。

しゃぼん玉は舞った。

三度笠に縞の合羽の男は、弥勒寺橋に差し掛かった。

新八と由松は追い縋った。

清吉は、鼻捻を構えて立ち塞がった。

三度笠に縞の合羽の男は怯んだ。

刹那、新八が背後から飛び掛かった。

三度笠が飛んだ。

現れた顔は伊佐吉だった。

「伊佐吉……」

由松は、伊佐吉に摑み掛かった。

伊佐吉は、長脇差を抜いて一閃《いっせん》した。

由松は咄嗟に躱《かわ》し、新八と清吉は跳び退《の》いて身構えた。

「伊佐吉、おみよは幸せに暮らしている。今更、余計な真似をしてぶち壊すんじゃあねえ」

由松は、伊佐吉を見据えた。

伊佐吉は狼狽えた。

おみよは、怪訝《けげん》に弥勒寺橋の南詰を見た。

渡世人が由松、新八、清吉に囲まれていた。

囲まれた渡世人……。

おみよは、渡世人の顔を見た。

「あっ……」

おみよは戸惑いを浮かべた。

「おきよちゃん、綺麗なしゃぼん玉だね」

雲海坊は、両手を広げて舞い飛ぶしゃぼん玉に跳びはねた。

雲海坊の薄汚れた衣は広がり、おみよの視線を遮った。

「伊佐吉……」

由松は、伊佐吉を見据えて躙《にじ》り寄った。

伊佐吉は、長脇差を振り廻して弥勒寺橋に走った。

由松、新八、清吉は追った。

伊佐吉は逃げた。

「今の人……」

おみよは、怪訝な面持ちで走り去る伊佐吉と由松たちを見送った。

伊佐吉に気が付くか……。

雲海坊は、おみよを見守った。

「おっ母ちゃん、おしっこ……」

おきよは叫んだ。

「あら、大変……」

おみよは、おきよを連れて家に駆け込んで行った。

良かった……。

雲海坊は安堵した。


本所竪川には、荷船の船頭の唄う歌が長閑《のどか》に響いていた。

伊佐吉は、本所竪川に追い詰められた。

由松、新八、清吉は、伊佐吉に迫った。

「伊佐吉、何しに江戸に舞い戻った……」

由松は見据えた。

「騙《だま》された恨みを晴らしに来た……」

伊佐吉は、嗄《しゃが》れ声を震わせた。

「騙された恨み……」

「ああ……」

「誰に騙された。貸元の金蔵か……」

由松は訊いた。

「煩《うる》せえ……」

伊佐吉は、長脇差を振り廻した。

由松、新八、清吉は、素早く跳び退いた。

刹那、伊佐吉は縞の合羽を投げ付けて竪川に飛び込んだ。

「しまった……」

由松、新八、清吉は堀端に走り、竪川の流れに伊佐吉を捜した。

竪川の流れに伊佐吉の姿は見えなかった。

大川は近い。

伊佐吉は、竪川を潜って大川に逃げる。

新八と清吉は読み、竪川に架かっている一つ目之橋に走った。

由松は、弥勒寺橋に戻った。

弥勒寺橋の袂には雲海坊がいた。

「雲海坊さん……」

由松は、雲海坊に駆け寄りながら良吉の家を見た。

良吉の家の前には誰もいなかった。

由松は、微かな安堵を覚えた。

「おお、伊佐吉はどうした」

「竪川に飛び込んで逃げました。新八と清吉が捜しています」

「そうか……」

「で、おみよは……」

由松は眉をひそめた。

「うん。伊佐吉に気が付いたかもしれないが、おきよがおしっこだと云ってね」

雲海坊は苦笑した。

「おしっこ……」

由松は、呆気に取られた。

「ああ。で、おきよを連れて厠《かわや》に行ったよ」

「じゃあ……」

「うん。おそらく、おみよは伊佐吉だと見定めちゃあいない」

雲海坊は睨んだ。

「そうですか……」

由松は安堵し、張り詰めていた緊張を解いた。

「伊佐吉は、金蔵に騙された恨みを晴らしに江戸に舞い戻っただと……」

久蔵は眉をひそめた。

「はい。由松がおみよの処に現れた伊佐吉と遣り取りをして、そう思ったそうです」

幸吉は告げた。

「それなのですが、秋山さま、五年前の伊佐吉は代貸だった金蔵と親しかったとか。ひょっとしたら千五郎殺しは、金蔵が企てて伊佐吉に殺らせたのかもしれません」

和馬は読んだ。

「成る程。で、伊佐吉は金蔵の企て通り、千五郎を殺した。だが、金蔵は裏切り、伊佐吉を千五郎殺しで始末しようとしたか……」

久蔵は苦笑した。

「おそらく……」

和馬と幸吉は頷いた。

「うむ。して、伊佐吉、恋仲だったおみよに逢うのを由松と雲海坊たちに阻まれた今、最早、残された事は裏切った天神の金蔵を何が何でも殺すしかないか……」

「はい……」

和馬は頷いた。

「よし。伊佐吉、そろそろ引導を渡してやるか……」

久蔵は、不敵な笑みを浮かべた。

湯島天神門前同朋町の天神一家は、入谷の賭場を荒されて以来、警戒を一段と厳しくしていた。

幸吉は、おみよの見張りに由松と雲海坊を残し、新八と清吉を呼んだ。

天神一家は、和馬、幸吉、勇次、新八、清吉の監視の許に置かれた。

和馬と幸吉は、天神一家の斜向いにある旗本屋敷の中間《ちゅうげん》長屋を見張り場所に借りた。

勇次、新八、清吉は、天神一家の周囲を見張った。

伊佐吉は、必ず貸元の金蔵に恨みを晴らしに来る。

和馬、幸吉、勇次、新八、清吉は見張り続けた。


刻は過ぎ、中坂には湯島天神の参拝客が行き交った。

菅笠を目深に被った人足は、巻いた筵《むしろ》を小脇に抱えて湯島天神鳥居前の通りから中坂を下りて来た。

「勇次の兄貴……」

新八は気が付いた。

「ああ。追うぞ……」

勇次は、新八や清吉と菅笠を被った人足を追った。

菅笠を被った人足は、物陰に潜んで天神一家の様子を窺った。

「和馬の旦那……」

幸吉は、武者窓から外を見ながら和馬を呼んだ。

「現れたか……」

和馬は、幸吉の傍に寄った。

「きっと……」

幸吉は、武者窓越しに物陰にいる菅笠を被った人足を示した。

「よし……」

和馬は、菅笠を被った人足を見定めて巻羽織《まきばおり》を脱ぎ棄てた。

菅笠を被った人足は、物陰から天神一家を窺った。

勇次、新八、清吉は、各々《おのおの》の得物《えもの》を手にして見守った。

和馬と幸吉が、斜向いの旗本屋敷から出て来た。

人足は菅笠を取った。

露わになった顔は、やはり伊佐吉だった。

伊佐吉は、抱えていた筵から長脇差を取り出した。

和馬と幸吉、勇次と新八、清吉は、伊佐吉との間合いを一気に詰めた。

伊佐吉は気が付き、足早に傍らの路地に入ろうとして立ち止まった。

塗笠《ぬりがさ》を被った着流しの久蔵が、路地から現れた。

伊佐吉は、久蔵を見据えて身構えた。

「伊佐吉、南町奉行所の秋山久蔵だ……」

久蔵は笑い掛けた。

伊佐吉は怯み、周囲を窺った。

和馬、幸吉、勇次、新八、清吉が取り囲むように迫った。

伊佐吉は、既に取り囲まれているのに気が付いた。

「伊佐吉、五年前、貸元の千五郎を殺したのは、代貸の金蔵と企んだ事なのだな」

久蔵は、伊佐吉を見据えた。

「えっ……」

伊佐吉は戸惑った。

「そうなんだろう……」

久蔵は苦笑した。

「ああ、そうだ。金蔵は千五郎に代わって貸元になって、俺を代貸にすると約束したんだ。それなのに……」

「お前だけに千五郎殺しの罪を擦《なす》り付け、討手を掛けたか……」

「ああ……」

伊佐吉は、嗄れ声を引き攣《っ》らせて頷いた。

「よし。ならば、俺が金蔵を召し捕って裁き、きっちり仕置する。お前も長脇差を棄てて神妙にするんだな」

久蔵は告げた。

「ほ、本当か……」

伊佐吉は、喉を鳴らした。

「ああ、本当だ……」

久蔵は頷いた。

「証拠だ。本当だって証拠を見せてくれ」

伊佐吉は、必死の面持ちで告げた。

「そうか。証拠が見たいか……」

久蔵は苦笑した。

「ああ……」

伊佐吉は頷いた。

「だったら、長脇差を渡して此処で待っていな……」

久蔵は、伊佐吉を見詰めて手を差し出した。

伊佐吉は、久蔵を見返した。

和馬、幸吉、勇次、新八、清吉は見守った。

「さあ……」

久蔵は促した。

伊佐吉は、長脇差を久蔵に渡した。

「よし。和馬……」

「はい……」

「柳橋と伊佐吉を頼む……」

久蔵は、和馬に長脇差を渡した。

「心得ました」

和馬は頷いた。

「勇次、俺は表から踏み込む。新八と清吉を連れて天神一家の店の裏に廻り、逃げ出す奴をお縄にしろ。手向かう奴に容赦は無用……」

久蔵は命じた。

「承知。新八、清吉、行くぜ」

勇次は、新八と清吉を連れて天神一家の店の裏手に走った。

「じゃあ伊佐吉、此処で待っていな……」

久蔵は、笑顔で告げて天神一家の店に向かった。

「お気を付けて……」

幸吉と和馬は見送った。

伊佐吉は、強張《こわば》った面持ちで久蔵を見送った。


「邪魔するぜ……」

久蔵は、天神一家の店土間に踏み込んだ。

「何ですかい、お侍……」

博奕打ちたちは、久蔵を取り囲んだ。

「うむ。貸元の金蔵を呼んで貰おうか」

久蔵は苦笑した。

「お侍、お前さん……」

博奕打ちは凄んだ。

「金蔵は何処にいる……」

久蔵は遮り、構わず框《かまち》に上がった。

「手前……」

博奕打ちたちは、久蔵に襲い掛かった。

久蔵は、博奕打ちたちを殴り蹴り、長脇差を奪い、峰を返して鋭く打ちのめし
た。そして、襲い掛かる博奕打ちたちを次々に打ちのめし、外に突き飛ばし、蹴
り出した。

博奕打ちたちが悲鳴を上げ、天神一家から次々に転がり出て来た。

土埃《つちぼこり》が舞い上がり、行き交う者たちが驚いて立ち止まった。

和馬と幸吉は、倒れた博奕打ちに素早く捕り縄を打った。

伊佐吉は、眼を丸くして見守った。

金蔵は、用心棒の浪人を従えて奥から出て来た。

「お前が金蔵か……」

久蔵は、獲物を見付けたように笑った。

「手前は……」

金蔵は、怒りを露わにしていた。

「南町奉行所の秋山久蔵だよ」

久蔵は笑った。

「剃刀《かみそり》久蔵……」

金蔵は、顔色を変えて震えた。

「金蔵、五年前、天神の千五郎を殺すように伊佐吉に命じたな……」

久蔵は、金蔵を厳しく見据えた。

金蔵は、恐怖に衝《つ》き上げられた。

勇次、新八、清吉が奥からやって来た。

刹那、金蔵は用心棒の浪人を久蔵に突き飛ばして外に逃げた。

久蔵は、用心棒の浪人を蹴り飛ばして金蔵を追った。

勇次、新八、清吉が続いた。

金蔵は、天神一家の店の外に逃げた。

「金蔵……」

和馬や幸吉と一緒にいた伊佐吉が、憎悪に満ちた声で叫んだ。

金蔵は立ち竦《すく》んだ。

久蔵が追って現れ、立ち竦んだ金蔵を捕まえて厳しく押さえ込んだ。

「此迄だ、金蔵……」

久蔵は、冷ややかに云い放った。

勇次、新八、清吉が駆け寄り、金蔵に捕り縄を打った。

伊佐吉は、立ち尽くしていた。

「伊佐吉、見ての通りだ」

久蔵は、何事もなかったかのように告げた。

「は、はい……」

伊佐吉は、膝からその場に崩れ落ち、両手を突いて項垂《うなだ》れた。

久蔵は苦笑した。


深川五間堀沿いの良吉の家の前では、おきよが一人で遊んでいた。

「やあ。おきよちゃん……」

由松は、しゃぼん玉売りの姿でおきよに近付いた。

「あっ、しゃぼん玉のおじさん……」

おきよは笑った。

「おっ母ちゃんやお父っちゃんに変わりはないかい……」

「うん。ないよ……」

「そいつは良かった。おきよちゃん、此奴《こいつ》はお土産《みやげ》だ……」

由松は、しゃぼん玉の液の入った竹筒と葦の吹き棒を渡した。

「わあ、しゃぼん玉だ……」

おきよは喜んだ。

「おきよ。おきよ……」

おみよの呼ぶ声がした。

「なあに、おっ母ちゃん……」

おきよは叫んだ。

「じゃあな、おきよちゃん……」

由松は、足早に立ち去った。

「うん。さよなら……」

おきよはしゃぼん玉を吹いた。

しゃぼん玉は七色に輝き、舞い飛んだ。

おみよが出て来た。

「あら……」

おみよは、しゃぼん玉に戸惑った。

「しゃぼん玉のおじさんがくれたの……」

「しゃぼん玉のおじさん……」

おみよは、辺りを見廻した。

由松はいなく、しゃぼん玉が舞い飛ぶばかりだった。


天神一家の貸元金蔵と伊佐吉は、五年前の千五郎殺しの罪で死罪となった。

金蔵は恐怖に醜く跪いたが、伊佐吉は従容《しょうよう》と処刑の座に向かった。

「伊佐吉、おみよに云い残す事はないか……」

久蔵は尋ねた。

「何もありません……」

伊佐吉は、穏やかな面持ちで告げた。

「うむ。そいつが良いな」

「はい……」

伊佐吉は、穏やかに微笑んだ。

「うむ……」

久蔵は、伊佐吉の潔さを哀れんだ。

第二話

守り神

一

大助《だいすけ》は、いつものように寝過ごし、大慌てで顔を洗って朝飯を食べ、久蔵と香《か》織《おり》の両親に呆れられ、妹の小春《こはる》に追い立てられて屋敷の式台を出た。

表門迄の前庭には縁台があり、老下男の与平《よへい》が腰掛けていた。

「やあ、与平の爺ちゃん、行って来ます」

大助は、与平に挨拶をして出掛けようとした。

「大助さま、手拭に懐紙ですよ……」

与平は、手拭と懐紙を差し出した。

「おお、ありがたい。助かったよ。爺ちゃん、じゃあ……」

大助は、忘れた手拭と懐紙を受け取り、猛然と表門から駆け出して行った。

「お気を付けて……」

与平は、皺《しわ》だらけの顔を綻《ほころ》ばせて大助を見送った。

「大助さま。学問所にお出掛けになられましたか……」

太市《たいち》が、庭の掃除を終えてやって来た。

「ああ。大助さまは、いつも健やかで賢くて、お優しい御子だ……」

与平は、大助を幼い頃と同じように誉めた。

「ええ。さっ、与平さん、部屋に戻って一休みしましょう」

太市は、与平の手を取って縁台から立たせた。

「うん。一休みするか……」

与平は、太市に介添えされて隠居所に入って行った。

久蔵は、玄関先で刀を腰に差しながら与平と太市を見守っていた。

「与平は、大助が幾つになっても幼い時のように可愛がってくれていますよ」

香織は微笑んだ。

「うむ。与平は大助の守り神。大助は幸せな奴だ」

久蔵は苦笑した。

「ええ……」

香織は頷いた。

太市が隠居所から戻り、久蔵に気が付いた。

「あっ、旦那さま。只今、お供を……」

「うむ。与平は……」

「はい。薬湯を飲んで休みました」

「そうか。ならば香織、後は頼むぞ」

「はい。お任せを……」

香織は頷いた。

「太市、出仕する」

久蔵は告げた。

月番の南町奉行所は、表門を八文字に開いて多くの人が出入りしていた。

久蔵は、太市の淹《い》れておいてくれた茶を啜《すす》り、書類に眼を通し始めた。

中庭には木洩れ日が揺らめいた。

聞き慣れた足音がし、聞き慣れた声がした。

「お早うございます、秋山さま……」

定町廻り同心の神崎和馬は、用部屋の前に控えた。

「おう。入りな……」

「はい……」

「で、どうしたい……」

久蔵は、書類を置いて振り返った。

「今朝方、不忍池の雑木林で神田佐久間町《さくまちよう》の金貸し勘三郎《かんざぶろう》が死体で見付かりました」

「金貸し勘三郎……」

久蔵は、温《ぬる》くなった茶を啜った。

「はい。金貸し勘三郎、腹を刺され抉《えぐ》られていました」

「玄人《くろうと》の仕業かな……」

「おそらく……」

和馬は頷いた。

「殺されたのは昨夜か……」

「はい。勘三郎、昨夜は不忍池の畔にある花月《かげつ》って料理屋の帰りだったようです」

「料理屋では誰と一緒だったのだ……」

「はい。お店のお内儀《ないぎ》風の年増と一緒だったそうです」

「お店のお内儀風の年増……」

久蔵は眉をひそめた。

「はい。ですが、お内儀風の年増は四半刻（約三十分）程で帰り、勘三郎はその半刻（約一時間）後に帰ったとか……」

「その帰りの不忍池の畔で襲われ、雑木林で殺されたか……」

久蔵は読んだ。

「きっと。今、柳橋のみんなが、目撃者とお店のお内儀風の年増を捜しています」

「そうか。して、金貸し勘三郎、どんな金貸しだったのだ」

「そいつなんですがね。勘三郎、貧乏人は相手にせず、専らお店や旗本などに纏《まと》まった金を貸す金貸しだったとか……」

和馬は告げた。

「となると、一緒に料理屋にいたお店のお内儀風の年増、勘三郎に金を借りているか、借りようとしていたかだな」

久蔵は睨んだ。

「おそらく……」

和馬は頷いた。

「よし。探索を進めてくれ」

久蔵は命じた。


湯島の学問所は講義が終わり、大勢の塾生たちが出て来た。

大助は、学友の原田小五郎《はらだこごろう》と学問所を出て昌平橋《しょうへいばし》に向かった。

神田川には様々な舟が行き交っていた。

明神下の通りに出た大助は、三味線堀に屋敷のある小五郎と別れ、神田川に架かっている昌平橋を渡った。

昌平橋の南詰には、行き交う人々が足を止めていた。

大助は、立ち止まっている人々の間を怪訝に覗いた。

お店のお内儀らしき年増とお供の老下男が、酒に酔った二人の浪人に絡まれていた。

「ならば、貧乏浪人と蔑《さげす》んで笑った詫びの印に一両、貰おうか……」

二人の浪人は凄んだ。

大助は知った。

二人の浪人は、お内儀らしい年増に因縁を付けて金を脅し取ろうとしているのだ。

「冗談じゃありません。私は御浪人さま方を笑ってはおりませんので、お詫びなどは致しません」

お内儀らしき年増は、二人の浪人に毅然と立ち向かった。

へえ……。

大助は、お内儀らしき年増の態度に感心した。

立ち止まって見ていた人々は、二人の浪人を嘲笑《あざわら》い、囁《ささや》き合った。

「おのれ、女と思って下手に出れば、図に乗りおって……」

浪人の一人が焦り、お内儀らしき年増に手を伸ばした。

刹那、老下男がお内儀らしい年増の前に素早く出て浪人の手首を掴んで捻った。

浪人は、悲鳴を上げて地面に叩き付けられた。その手首からは血が流れていた。

あっ……。

大助は驚いた。

角手《かくて》だ……。

老下男は、手の指に角手を嵌《は》めているのだ。

〝角手〟とは、鋭い爪が内側に付いた指輪の形をした捕物道具だ。

大助は読んだ。

「手前……」

残る浪人は、老下男に襲い掛かった。

老下男は、素早く躱し、後ろ腰に差していた一尺程の梶棒を残る浪人の脾腹《ひばら》に叩き込んだ。

残る浪人は、苦しく呻《うめ》き、脾腹を抱えて蹲《うずくま》った。

「さ、お内儀さま……」

老下男は、蹲っている二人の浪人を冷たく一瞥《いちべつ》し、お内儀らしい年増を促した。

お内儀らしい年増は頷き、足早にその場を離れて神田八ツ小路に進んだ。

老下男は、お内儀らしい年増の背後を護るかのように続いた。

大助は追った。

老下男が使った一尺程の棍棒は鼻捻だ……。

大助は、一尺程の棍棒がやはり捕物道具の鼻捻だと気が付いたのだ。

老下男は何者なのだ……。

大助は気になり、お内儀らしき年増と老下男を尾行た。

お内儀らしき年増と老下男は、足早に神田八ツ小路を抜けて神田須田町の通りに進んだ。

大助は尾行た。


日本橋の通りは行き交う人で賑わっていた。

お内儀らしき年増と老下男は、日本橋の通りを進んだ。

大助は、物陰伝いに尾行た。

お内儀らしき年増と老下男は、室町《むろまち》三丁目に進んで浮世小路を曲がった。そして、西堀留川に架かっている雲母橋《きらずばし》の袂、伊勢町《いせちよう》の角にある店に入った。

老下男は、背後を見廻して不審な様子がないのを見定めて店に入った。

大助は、用水桶の陰から見届け、二人の入った店に近付いた。

店には、扇屋『香風堂《こうふうどう》』の看板が掲げられていた。

扇屋『香風堂』……。

大助は、伊勢町の自身番に走った。


「扇屋香風堂……」

伊勢町の自身番の店番は、胡散臭《うさんくさ》そうに大助を見た。

「ええ。年寄りの下男がいる筈ですが、名前は何て云うんですか……」

大助は尋ねた。

「はあ。お侍さんは……」

店番は、前髪立ちの大助を侮《あなど》り、煩《わずら》わしそうな眼を向けた。

「はあ。私は八丁堀の秋山家の大助と申す者ですが……」

「えっ。八丁堀の秋山家って、南町奉行所の秋山久蔵さま……」

「はい。倅《せがれ》の大助です」

「此は御無礼致しました……」

店番は驚き、慌てて掌《てのひら》を返した。

「香風堂の年寄りの下男は、彦六《ひころく》さんって人です……」

店番は、作り笑いを浮かべた。

「彦六。お内儀さんは……」

大助は、重ねて尋ねた。

「おりょうさんです」

「おりょう……」

「はい……」

「そうですか。御造作をお掛けしました」

大助は、礼を云って踵《きびす》を返した。

「い、いえ。飛んでもないことです。あの……」

「何ですか……」

大助は振り返った。

「いえ。お気を付けて……」

店番は、深々と頭を下げた。

「はい。じゃあ……」

大助は、自身番から足早に立ち去った。

「角手と鼻捻を使った……」

太市は眉をひそめた。

「ええ。で、二人の浪人を鮮やかに倒しましてね。それで俺、気になって後を尾行たんです……」

大助は、秘密めかして囁いた。

「後を尾行た……」

「はい。そうしたら、伊勢町の香風堂って扇屋に入りました」

「伊勢町の扇屋香風堂……」

「はい。で、自身番で訊いたら、お内儀はおりょう。年寄りの下男は彦六でした……」

大助は、喉を鳴らした。

「その年寄りの下男の彦六が角手や鼻捻の捕物道具を使うのですね」

太市は念を押した。

「ええ。二人の浪人相手に。鮮やかなものでしたよ」

大助は感心した。

「角手や鼻捻の遣い手ですか……」

素人ではなく、角手や鼻捻の捕物道具を使った捕縛術の心得のある者なのだ。

太市は読んだ。

「はい。下男の彦六、元は町奉行所に拘《かか》わっていた者なのかもしれません」

大助は睨んだ。

「ええ。柳橋の親分か、向島《むこうじま》の御隠居に訊けば分かるかもしれませんね」

「柳橋の親分か向島の御隠居ですか……」

大助は、小さな笑みを浮かべた。

「ええ。ですが大助さま、柳橋の親分や向島の御隠居に訊くのは、直《す》ぐに御父上さまに知れると覚悟するんですね」

「そりゃあもう。ですから、太市さんからそれとなく、柳橋の親分に……」

大助は、悪戯《いたずら》っ子のような笑みを浮かべた。

「分かりましたよ。じゃあ大助さま、母上さまにお帰りになった御挨拶を……」

太市は苦笑した。

「はい。じゃあ……」

大助は、嬉しげに表門の傍から屋敷に走り去った。

角手や鼻捻の捕物道具を使う老下男の彦六とは、どのような素性の者なのか……。

太市は、大助と同じように老下男の彦六に興味を持った。

柳橋の幸吉は、勇次と新八に目撃者捜しを命じ、清吉とお店のお内儀風の年増の割り出しを急いだ。

勇次と新八は、夜の下谷広小路や明神下の通りに屋台を出している夜鳴蕎麦屋《よなきそばや》などを当たり、不審な者の洗い出しを急いだ。

幸吉と清吉は、料理屋『花月』の女将《おかみ》にお内儀風の年増の詳しい様子を尋ねた。

お内儀風の年増が来た時、金貸し勘三郎は既に来ており、女将はお内儀風の年増の名も訊かずに座敷に通していた。

「その時、お内儀風の年増に名前、訊かなかったのかい……」

幸吉は、女将を見据えた。

「はい。勘三郎の旦那にお見えになったら直ぐに通すように云われていましたので……」

女将は、微かな困惑を浮かべた。

「そうか。で、お内儀風の年増は一人で来たんだね」

「はい。お一人でお見えになって四半刻程でお帰りになられました」

「帰る時、お内儀風の年増、どんな様子だったかな……」

「どんなって、何かお急ぎな様子でお帰りになりましたけど……」

女将は思い出した。

「そうか。で、それから半刻ぐらい後、勘三郎は帰ったんだね」

「はい。いつも通り、御機嫌良くお帰りになりましたが……」

女将は告げた。

「機嫌良くね……」

幸吉は眉をひそめた。

「ええ……」

女将は頷いた。

金貸し勘三郎は、機嫌良く料理屋『花月』から帰り、不忍池の畔で何者かに腹を刺されて殺された。

「勘三郎、来た時も帰る時も一人だったんだね……」

「はい。お供はいらっしゃいませんでした」

「そうですか……」

金貸し勘三郎とお内儀風の年増は、逢っていた四半刻の間に何をしていたのか、幸吉は気になった。

何れにしろ、金の貸し借りに拘わる事なのかもしれない。

幸吉は読んだ。

勇次と新八は、不忍池の畔で勘三郎殺しの目撃者を捜し続けていた。

「雑木林の辺りの夜の事なら、近くにある茶店の使っていない納屋を塒《ねぐら》にしている乞食《こじき》が何か知っているかもしれませんぜ」

夜鳴蕎麦屋は、屋台の手入れをしながら告げた。

「えっ。そんな乞食がいるのかい……」

勇次は訊き返した。

「ええ。昼間は広小路辺りで物乞《ものご》いをしていましてね。夜になると不忍池の畔の茶店の納屋に戻っているんですよ」

「乞食の名前は……」

「確か、乞食仲間からは熊《くま》とか呼ばれていたと思いますよ」

「熊……」

「その熊、昼間は広小路のどの辺で物乞いをしているんですか……」

新八は尋ねた。

「さあ、物乞いですから人通りの多い処だと思いますが……」

夜鳴蕎麦屋は首を捻った。

「勇次の兄貴……」

「ああ。下谷広小路を捜し廻るしかないな」

勇次は眉をひそめた。

角手や鼻捻などの捕物道具を使う老下男の彦六……。

太市は、秋山屋敷の仕事の合間に伊勢町の扇屋『香風堂』に赴いた。

扇屋『香風堂』は、落ち着いた佇《たたず》まいの店だった。

太市は窺った。

扇屋『香風堂』には客が出入りし、それなりに繁盛していた。

太市は見守った。

僅かな刻が過ぎた。

扇屋『香風堂』の前には人が行き交った。

老下男が裏から現れ、店先の掃除を始めた。

彦六か……。
太市は、物陰から店先の掃除をする老下男を見守った。
老下男の顔に見覚えはなかった。
太市は見張った。
扇屋『香風堂』の前には様々な人が行き交い続けた。
老下男は、掃除をしながら行き交う人を窺った。
その動きや目配りは鋭かった。
彦六だ……。
太市は、掃除をする老下男を捕物道具の角手や鼻捻を使う彦六だと睨んだ。
彦六は、扇屋『香風堂』に不審な者が訪れるのを警戒している。
やはり、彦六は町奉行所に拘りのあった者なのだ。
太市は読んだ。
そして、扇屋『香風堂』を秘かに警備しているのは、どうしてなのだ。
太市は、幾つかの疑念を覚えた。

二

神田川の流れには、荷船の櫓の軋みが響いていた。

幸吉と清吉は、神田佐久間町の金貸し勘三郎の家を訪れた。

勘三郎の家には老妻と若い手代がいた。

幸吉は、老妻と手代に金を借りているお店の中に女主がいないか尋ねた。

「さあ、勘三郎は私に商売の事は何も話しちゃあくれませんでしたので……」

老妻は、何も知らなかった。

「じゃあ、お前さんはどうだい……」

幸吉は、手代を見据えた。

「はい。旦那さまはお店や御武家さま、それにお寺などに纏まったお金を貸すのが主でして、手前の知る限りでは、女主のお店には貸していなかった筈ですが……」

手代は首を捻った。

「じゃあ、お前さんの知らない処で貸していたかもしれないか……」

幸吉は読んだ。

「は、はい……」

手代は、老妻を気にしながら頷いた。

「そうか。じゃあ、一応、借用証文《しゃくようしょうもん》を見せて貰おうか……」

幸吉は、手代に借用証文を出させて借り主が女の名の物を探した。だが、借り主が女の借用証文はなかった。

「親分、ひょっとしたら殺した奴が奪い取ったのかもしれませんね」

清吉は睨んだ。

「ああ。そうかもしれないな……」

幸吉は頷いた。

何れにしろ、お店のお内儀風の年増に繋がる手掛りはなかった。

下谷広小路は賑わっていた。

勇次と新八は、広小路で物乞いをしている熊を捜した。

だが、広小路にいる乞食は多く、熊は容易に見付からなかった。

「それにしても、広小路の乞食、随分といるんですねえ……」

新八は呆れた。

「ああ。みんな、好きでやっている訳じゃあない。何とか生きていこうとしているんだぜ」

勇次は眉をひそめた。

「ええ。で、熊は何処にいるんですかねえ」

新八は、行き交う人々の足許に蹲っている乞食を眺めた。

「ま、夜になれば不忍池の畔の茶店の納屋に戻って来るだろう」

勇次は読んだ。

「そりゃあそうですが、早い方が良いですし、捜しますか……」

「ああ……」

勇次と新八は、広小路の隅にいる乞食の許に向かった。

隅田川は煌めき、向島の土手の桜並木は緑の枝葉を風に揺らしていた。

太市は、香織の許しを得て向島の弥平次《やへいじ》の隠居所を訪れた。

「女将さん、此は奥さまからでございます」

香織は、干し鮑《あわび》や干し椎茸、昆布などを太市に持たせた。

「あらまあ。香織さま、いつも気に掛けて下さって……」

　おまきは、ありがたく受け取った。

「で、何だい。太市……」

　弥平次は、煙管《きせる》を燻《くゆ》らせた。

「昔、岡っ引か捕り方をしていた方に彦六って人はいませんでしたか……」

　太市は尋ねた。

「彦六……」

　弥平次は、煙草盆《たばこぼん》に煙管の灰を落した。

「はい……」

　太市は、弥平次の返事を待った。

「いたよ……」

　弥平次は、煙管の雁首《がんくび》に刻み煙草を詰めた。

「いましたか……」

　太市は、身を乗り出した。

「ああ。で、何をしたんだい」

「いえ。何をしたって訳じゃあないのですが、うちの大助さまが、彦六って人が角手や鼻捻で二人の浪人を叩きのめしたのを偶々《たまたま》見ましてね……」

「大助さまが……」

「ええ。それで、随分と気にされていましてね。学問が疎《おろそ》かになって、御父上のお叱りを受けない内にと思いましてね」

太市は心配した。

「成る程、そいつは大変だ」

弥平次は笑みを浮かべ、煙草盆を手にして煙管の煙草に火を付けた。

「はい。で、彦六ってのは……」

「岡っ引の連雀町《れんじやくちよう》の彦六だよ」

弥平次は、煙草の煙を吹いた。

「連雀町の彦六……」

「ああ。昔、北町奉行所の定町廻り同心の永野《ながの》平四郎《へいしろう》の旦那の手札を貰っていてな。凄腕の岡っ引だったが、永野の旦那が病で頓死《とんし》して、十手を返したんだぜ」

弥平次は、煙草を燻らせた。

「十手を返してどうしたんですか……」

「聞いた処によると、実家に戻られた永野の旦那の御新造に付いて行ったそうだ」

弥平次は、煙草の灰を落した。

「御新造の実家……」

「ああ……」

「その実家と云うのは……」

「確か扇屋だと聞いたが……」

「やはり……」

御新造はおりょうであり、実家は伊勢町の扇屋『香風堂』なのだ。

太市は知った。

「知っているのか……」

「はい。大助さまが後を尾行て突き止めました……」

「そうか。大助さまがな……」

弥平次は苦笑した。

隅田川から吹き抜ける川風は心地好かった。

西堀留川は西日に輝いた。

大助は、学問所の帰りに扇屋『香風堂』に立ち寄った。
扇屋『香風堂』には客が出入りしていた。
彦六はいるのか……。
大助は、用水桶の陰から窺った。
扇屋『香風堂』の裏手から彦六が現れ、店先の掃除を始めた。
大助は見守った。
彦六は、店先の掃除をしながら不意に大助を振り返った。
大助は、用水桶の陰に隠れる間を失い、立ち竦んだ。
「お侍さま、手前に何か御用ですか……」
彦六は、大助に笑い掛けた。
「いえ。別に。御無礼致した……」
大助は、慌てて用水桶の陰から立ち去った。
彦六は眉をひそめた。
大助は、浮世小路に急いだ。
やはり、只者ではない……。
大助は、自分の視線に気が付いた彦六に凄味を感じた。

夕暮れ時。
日本橋の通りを行き交う人は足早だった。
太市は、おまきに持たされた土産を抱えて日本橋に急いでいた。
行く手の浮世小路から大助が現れ、足早に日本橋に向かった。
大助さま……。
太市は気が付き、足取りを速めようとした。
その時、浮世小路から彦六が出て来た。
彦六……。
太市は、思わず立ち止まった。
彦六は、大助に続いて日本橋に向かった。
大助さまを尾行ている……。
太市の勘が囁いた。
彦六は、大助を尾行ているのだ。
どうしたんだ……。
太市は、大助が彦六の様子を窺い、気が付かれたのだと読んだ。

そして、彦六は大助が何者か見定めようとしているのだ。

太市は、大助を尾行る彦六を追った。


日本橋川に架かっている日本橋は、家路を急ぐ人たちが行き交っていた。

大助は、日本橋を渡って楓川《もみじがわ》に曲がった。

彦六は、充分な距離を取って巧妙に尾行た。

手慣れた尾行だ……。

彦六は凄腕の岡っ引……。

太市は、弥平次の言葉を思い出した。

大助は、背後を気にする事もなく楓川に架かる海賊橋を渡り、南茅場町《みなみかやばちょう》に進んで八丁堀に入った。


八丁堀……。

彦六は、若い侍が八丁堀の組屋敷街に入って行くのに僅かにたじろいだ。

若い侍は、八丁堀の北島町を進んだ。

拙い……。

彦六は、手拭で頬被りをして顔を隠して若い侍を追った。
若い侍は、町奉行所の与力同心の子弟なのか……。
彦六は、緊張を漂わせて若い侍を尾行た。

彦六は、手拭で頬被りをした。
岡っ引の時の知り合いに出逢うのを警戒しての事なのかもしれない。
太市は睨んだ。
大助は、北島町から岡崎町に進んで秋山屋敷の潜り戸に入った。
彦六は、物陰に立ち止まった。

此の屋敷は……。
彦六は、若い侍の入ったのが誰の屋敷か覚えていた。
南町奉行所吟味方与力秋山久蔵さまの御屋敷……。
彦六は、微かな震えを覚えた。
若い侍は、おそらく秋山久蔵の倅なのだ。
彦六は読んだ。

秋山久蔵の倅が扇屋『香風堂』や自分を窺うのは、父親に命じられての事なのか、それとも自分の興味だけでの事なのか……。

彦六は、微かな恐怖と戸惑いを感じた。


彦六は、戸惑った面持ちで秋山屋敷を窺っていた。

秋山さまを知っている……。

太市は、彦六の様子を読んだ。

彦六は、大助が秋山屋敷に入ったのに驚き、戸惑っているのだ。

太市は見守った。

彦六は、秋山屋敷の前から立ち去り、来た道を戻り始めた。

太市は、素早く物陰に隠れた。

彦六は、頬被りをした顔を俯《うつむ》かせて足早に進んだ。そして、物陰の太市の前を通り過ぎて行った。

太市は見送った。

彦六は、大助が秋山久蔵に拘わる者と知ってどうするのかだ。

何れにしろ明日だ……。

太市は、秋山屋敷に急いだ。

夕陽は沈み、八丁堀は夕闇に覆われた。

秋山屋敷の夕餉《ゆうげ》は、久蔵と香織を中心に大助、小春、与平や太市おふみ夫婦と皆一緒に賑やかに進む。

久蔵は、夕餉を終えて自室に引き取った。

「旦那さま……」

太市は、久蔵の許を訪れた。

「太市か、入りな……」

「はい……」

太市は、久蔵の前に進んだ。

「今日、向島に行ったそうだな」

久蔵は、太市が向島の隠居弥平次の許に行ったのを知っていた。

「はい。御隠居さまが、旦那さまに宜しくと仰《おつしや》っていました」

「うん。して……」

久蔵は、太市を促した。

「旦那さまは、北町奉行所定町廻り同心だった永野平四郎さまに手札を貰っていた岡っ引の連雀町の彦六を御存知ですか……」

「ああ。北町奉行所の永野平四郎、確か病で死んだ者だな……」

「左様にございます……」

「その永野から手札を貰っていた彦六か……」

「はい……」

「そう云えば、昔、無口で物静かな凄腕の岡っ引がいると、向島の御隠居に聞いた覚えがあるが、そいつかな……」

久蔵は、太市を見詰めた。

「はい。で、彦六は永野さまが亡くなられた後、十手を返しております」

「その彦六がどうかしたのか……」

「実は過日、昌平橋の袂で角手や鼻捻を使って二人の浪人を鮮やかに叩きのめしたとか……」

太市は眉をひそめた。

「昌平橋の袂となると、見たのは大助か……」

久蔵は、鋭い読みを見せた。

「は、はい。それで、大助さまが感心して後を尾行た処、伊勢町の扇屋香風堂に入ったそうでして……」

「扇屋香風堂……」

「はい。永野さまの御新造さまの御実家だそうにございます」

「永野の御新造の実家……」

「はい。彦六はその香風堂で下男をしているようです」

「うむ。して……」

「大助さまが気にされているのを知り、大助さまを尾行て秋山家の者と見届けたようにございます」

太市は告げた。

「大助の奴。迂闊《うかつ》な真似を……」

久蔵は苦笑した。

「手前が知りながら、申し訳ありません」

太市は詫びた。

「いや、太市が詫びる事はない。それにしても彦六、前髪の大助を何故、後を尾行る程に気にしたかな……」

久蔵は眉をひそめた。

「はい。手前もそこが気になりまして……」

太市は、緊張を滲ませて頷いた。

「うむ。よし、太市。扇屋香風堂、ちょいと調べてみてくれ」

久蔵は命じた。

「心得ました」

太市は頷いた。

「うむ……」

久蔵は、燭台の明りに照らされた。


不忍池の水面に月影が揺れた。

勇次と新八は、不忍池の畔の茶店に急いだ。

小さく古い茶店は、既に雨戸を閉めて店仕舞いをしていた。

勇次と新八は、裏に廻って納屋を窺った。

納屋の軒下に立て掛けられた葦簀《よしず》の陰には、襤褸《ぼろ》を纏った乞食が眠っていた。

「勇次の兄貴……」

新八は眉をひそめた。

「うん……」

「熊ですかね……」

「きっとな。おい、熊……」

勇次は、眠っている乞食を揺り動かした。

「う、うん……」

乞食は呻き、怪訝な面持ちで眼を覚ました。

「お前、熊か……」

勇次は、乞食を見据えた。

「あ、ああ。何だ、お前は……」

熊は、眠い眼を擦って勇次を見た。

「ちょいと聞きたいのだが、一昨日の夜、此の辺りで羽織を着た男が誰かと争っちゃあいなかったかな……」

勇次は、十手を見せて尋ねた。

「羽織を着た男……」

熊は眉をひそめた。

「ああ……」

「見たよ……」

熊は、欠伸《あくび》混じりに頷いた。

「見た……」

「うん。羽織を着た男と下男のような奴がそこで揉めていたよ」

「下男のような奴……」

勇次は眉をひそめた。

「ああ……」

熊は頷いた。

「熊、下男のような奴、歳は幾つぐらいだ」

新八は尋ねた。

「さあて、頰被りをしていたから良く分からなかったが、身体付きや動きから見ると、ありゃあ年寄りだな……」

「年寄り……」

新八は眉をひそめた。

「ああ。おそらく間違いねえ。年寄りだ」

「そうか。で、どうした……」

勇次は、話を促した。

「そいつが、その下男のような年寄りが滅法強《めっぽう》くてな。羽織を着た男、雑木林に逃げ込んで、年寄りが追い掛けて行ったよ」

そして、羽織を着た男、金貸し勘三郎は下男のような年寄りに殺されたのだ。

「間違いないようですね」

新八は意気込んだ。

「うん。で、二人は……」

「雑木林から戻って来なくて、俺は眠っちまったよ……」

「そうか……」

勇次は頷いた。

「その下男のような年寄り、他に何か気が付いた事はないかな」

新八は尋ねた。

「他に気が付いた事ねえ。そうだなあ、そう云えば、下男のような年寄り、その前に女のお供をして通り過ぎて行ったかな……」

熊は首を捻った。

「女のお供……」

勇次は、微かな緊張を過ぎらせた。

「勇次の兄貴。その女、花月に勘三郎を訪ねて来たお内儀風の年増じゃあ……」

新八は読んだ。

「ああ。きっとな……」

勇次は頷いた。

熊は大欠伸をした。

「眠っていた処を済まなかったな。此奴で飯でも食ってくれ」

勇次は、熊に小粒を握らせた。

「おっ。此奴はありがてえ。済まねえなあ」

熊は、嬉しそうに小粒を握り締めた。

金貸し勘三郎を殺したのは、下男風の年寄りであり、お店のお内儀風の年増のお供をしていた……。

勇次と新八は、漸く掴んだ情報を持って柳橋の船宿『笹舟』に急いだ。

不忍池に魚が跳ね、水面に波紋がゆっくりと広がった。

柳橋の幸吉は、勇次と新八の報せを受けてお内儀風の年増と老下男の割り出しを雲海坊と由松にも命じた。

雲海坊と由松は、勇次や新八と打ち合わせをして不忍池界隈《かいわい》にお内儀風の年増と老下男を捜し始めた。

三

伊勢町の扇屋『香風堂』は、それなりに繁盛をしていたが、台所はかなり苦しいようだった。

太市は、伊勢町の自身番に詰めている家主を訪ねた。

「家主は私だが、お前さんは……」

肥った初老の家主は、店番や番人の間から太市に怪訝な眼を向けた。

「手前は八丁堀は岡崎町の秋山家の者で太市と申す者です」

太市は名乗った。

「八丁堀の秋山さまと仰いますと、南町奉行所の秋山久蔵さまにございますか……」

家主は、緊張を過ぎらせた。

「はい。その秋山に命じられて参ったのですが……」

太市は、家主を見詰めた。

「それは、御無礼致しました。私は家主の惣兵衛《そうべえ》にございます。で、どのような……」

家主の惣兵衛は慌てた。

「はい。立ち入った事なので、ちょいと……」

太市は、表に出るように目配せをした。

「はい、はい……」

家主の惣兵衛は、店番と番人の間を通って狭い自身番から出て来た。

太市は、家主の惣兵衛を西堀留川に架かっている雲母橋の北詰の袂に誘った。

西堀留川の向こう側には、暖簾を微風に揺らす扇屋『香風堂』が見えた。

「香風堂ですか……」

家主の惣兵衛は、戸惑いを浮かべた。

「ええ。今の御主人は何方《どなた》ですか……」

「娘で出戻りのおりょうさんと云う方です」

「おりょうさんが御主人……」

　太市は知った。

「ええ。香風堂は元々、おりょうさんの父親が始めた扇屋でしてね。それなりに繁盛していたのですが、お内儀さんが心の臓の病で倒れ、借金を作りましてね。潰れ掛かって奉公人たちにも暇を出したんです。ですが、そこに嫁いでいた娘のおりょうさんが旦那を病で亡くされて……」

「北町奉行所定町廻り同心の永野平四郎さまですね」

「ええ。で、実家の香風堂に戻り、母親を看取り、父親を手伝い始めましてね……」

「で、父親は……」

「五年前に亡くなりました。以来、おりょうさんが一人で頑張っていますが、父親の残した借金もあって、いろいろ大変らしいですよ」

　家主の惣兵衛は、おりょうに同情した。

「そうですか……」

　太市は、扇屋『香風堂』を眺めた。

扇屋『香風堂』の店先に下男の彦六が現れ、掃除を始めた。

太市は見詰めた。

「下男の彦六さんですよ」

家主の惣兵衛は、太市の視線の先の彦六に気が付いた。

「彦六さん……」

「ええ。元はおりょうさんの亡くなった旦那から手札を貰っていた岡っ引でしてね。旦那に恩義があるらしくて、おりょうさんに随分と忠義を尽くしていますよ」

家主の惣兵衛は告げた。

「忠義をね……」

太市は、掃除をしている彦六を見詰めた。

南町奉行所の中庭には木洩れ日が揺れていた。

「金貸し勘三郎と逢っていたお内儀風の年増とお供の老下男……」

久蔵は眉をひそめた。

「はい。勇次と新八の調べでは、あの夜、料理屋を出た勘三郎は、不忍池の畔で下男風の年寄りと争いになり、雑木林に入って行ったそうです」

幸吉は報せた。

「そして、下男風の年寄りが勘三郎を殺した。間違いないでしょう」

和馬は睨んだ。

「うむ……」

「で、今、勇次と新八が、雲海坊や由松と洗い出しを急いでおります」

「下男風の年寄りか……」

久蔵は、小さな吐息を洩らした。

「秋山さま、何か……」

和馬は戸惑った。

「和馬、柳橋の。昔、北町奉行所に永野平四郎と申す定町廻り同心がいたのを覚えているか……」

「永野平四郎……」

和馬は眉をひそめた。

「急な病で亡くなられた旦那ですね」

幸吉は覚えていた。

「ああ……」

久蔵は頷いた。

「その永野平四郎さんがどうしましたか……」

和馬は尋ねた。

「うむ。手札を貰って岡っ引を務めていたのが、連雀町の彦六って者でな」

「連雀町の彦六親分ですか……」

幸吉は眉をひそめた。

「覚えているか……」

「はい……」

幸吉は頷いた。

「その連雀町の彦六、今は伊勢町の扇屋香風堂に下男奉公をしている」

「彦六親分が下男奉公……」

幸吉は、戸惑いを浮かべた。

「うむ。その奉公先の香風堂は、死んだ永野平四郎の御新造の実家だ」

久蔵は告げた。

「じゃあ、永野さまの御新造さま、香風堂の主の家族ですか……」

「うむ……」

久蔵は頷いた。

「秋山さま、まさか……」

和馬は緊張した。

「うむ。永野の御新造、お内儀風の年増かもしれない」

久蔵は読んだ。

「はい。それにしても秋山さま、何故に扇屋香風堂を……」

和馬は戸惑った。

「実はな、うちの大助が……」

久蔵は苦笑した。


神田八ツ小路は多くの人が行き交っていた。

勇次と新八は、神田川に架かっている昌平橋の袂に佇んでいる雲海坊に駆け寄った。

「腕の立つ下男風の年寄り、いたんですか……」

勇次は、雲海坊に尋ねた。

「ああ。何日か前に二人の浪人を叩きのめして、お店のお内儀と立ち去ったそうだよ」

雲海坊は笑った。

「二人の浪人を……」

勇次は眉をひそめた。

「うん。鮮やかなもんだったそうだぜ」

「勇次の兄貴、浪人二人を叩きのめしたぐらいなら、勘三郎など造作はありません。熊の見た下男風の年寄りに間違いないでしょう」

新八は読んだ。

「うん。で、その下男の年寄りとお内儀、どっちに行ったんですかね」

「はっきりはしないんだが、神田須田町の通りらしい……」

雲海坊は、神田八ツ小路の一つである須田町口を眺めた。

須田町口は、日本橋に続く通りで賑わっていた。

「よし。じゃあ新八、俺たちも捜すぜ」

勇次は勢い込んだ。

「雲海坊の兄い……」

由松が駆け寄って来た。

「由松さん……」

勇次と新八が迎えた。

「おう。勇次、新八、丁度良かった」

「何か分かったかい……」

雲海坊は尋ねた。

「ええ。下男の年寄りですが、連雀町の自身番の番人の父っつあんが、浪人を叩きのめすのを偶々見ていたそうでしてね」

神田連雀町は、神田八ツ小路を囲む町の一つであり、直ぐ近くだ。

「番人の父っつあん、下男の年寄りに見覚えでもあったのか……」

「ええ……」

「何処の誰なんだ……」

「そいつが、昔、連雀町にいた岡っ引の親分に良く似ていたそうですぜ」

由松は、小さな笑みを浮かべた。

「連雀町にいた岡っ引の親分……」

雲海坊は眉をひそめた。

「誰か御存知ですかい……」

由松は、雲海坊を見詰めた。

「ああ。確か連雀町の彦六って親分だった」

雲海坊は覚えていた。

「連雀町の彦六……」

由松は眉をひそめた。

「ああ。北町奉行所の同心の旦那から手札を貰っていてな。凄腕の岡っ引だったぜ」

雲海坊は、厳しい面持ちで告げた。

「じゃあ、金貸し勘三郎などは……」

勇次は、緊張を漲《みなぎ》らせた。

「歳を取っても造作はないだろうな」

雲海坊は睨んだ。

「で、その連雀町の彦六親分、今は何処にいるんですか……」

新八は、意気込んだ。

「新八、そいつは此からだ」

由松は苦笑した。

西堀留川の船着場に繋がれた猪牙舟《ちょきぶね》は、吹き抜ける風に揺れていた。

太市は、西堀留川に架かっている雲母橋の袂から扇屋『香風堂』を見張っていた。

お内儀風の年増が、老下男の彦六を従えて扇屋『香風堂』から出て来た。

女主のおりょう……。

太市は、お内儀風の年増を女主のおりょうだと見定めた。

おりょうは、老下男の彦六を従えて西堀留川沿いの道を東堀留川に向かった。

太市は、尾行を始めた。

おりょうと彦六は、東堀留川の傍を過ぎて浜町堀《はまちょうぼり》に進んだ。

何処迄行くのか……。

浜町堀の先には両国広小路があり、浅草や本所深川に行く事が出来る。

太市は、慎重に尾行した。

彦六が如何に年寄りでも、昔は凄腕の岡っ引だ。

太市は、緊張を滲ませて追った。

神田川に架かっている浅草御門を渡ると蔵前の通りであり、公儀米蔵の浅草御蔵が並び、向い側の町の奥には元鳥越町《もととりごえちょう》があった。

おりょうと彦六は、森田町の手前を西に曲がって新堀川を越え、元鳥越町に進んだ。

太市は尾行た。

おりょうと彦六は、鳥越明神の裏の板塀に囲まれた仕舞屋《しもたや》を訪れた。

太市は見届けた。

誰の家に何の用で来たのか……。

太市は、先《ま》ず板塀で囲まれた家の主が誰か確かめると決め、斜向いの煙草屋に向かった。

煙草屋の老爺《ろうや》は、斜向いの板塀に囲まれた仕舞屋を眺めた。

「ああ、あの家かい……」

「ええ。誰の家ですか……」

太市は訊いた。

「あの家は、高利貸しの利兵衛《りへえ》の家だよ」

老爺は、腹立たしげに告げた。

「高利貸しの利兵衛……」

「ああ。質《たち》の悪い強欲な高利貸しでな。出来れば借りない方が良いぜ」

老爺は、利兵衛が嫌いなのか、老顔を歪《ゆが》めて吐き棄てた。

「分かりました。借りませんよ……」

太市は苦笑した。

おりょうは、彦六を供にして評判の悪い高利貸しの利兵衛の家にやって来たのだ。

おりょうは、利兵衛に金を借りに来たのか、それとも既に借りている金を返済しにでも来たのか……。

太市は、板塀に囲まれた仕舞屋を眺めた。

板塀に囲まれた仕舞屋は、静けさに包まれていた。

四半刻が過ぎた。

太市は、煙草屋の店先から高利貸しの利兵衛の家を見張り続けた。

おりょうと彦六が、利兵衛の家から出て来た。

太市は、おりょうと彦六を窺った。

おりょうは、沈んだ面持ちで来た道を戻り始めた。

彦六は、出て来た利兵衛の家を厳しい面持ちで一瞥し、おりょうに続いた。

借金を断わられたのか、それとも借りた金の返済を待って貰えないのか……。

太市は、おりょうと彦六の表情からそう読み、尾行を始めた。


おりょうと彦六は、伊勢町の扇屋『香風堂』に真っ直ぐ戻った。

太市は、雲母橋の袂から見送った。

「あの年増が女主のおりょうか……」

和馬が、清吉を従えて物陰から現れた。

「和馬の旦那……」

太市は戸惑った。

「太市さん、見張りはあっしが……」

清吉は、太市と見張りを交代した。

「うん……」

太市は頷き、物陰の和馬の許に進んだ。

「話は秋山さまに聞いたよ」

「そうですか……」

太市は苦笑した。

「で、おりょうと一緒に帰って来た年寄りが下男の彦六か……」

和馬は睨んだ。

「ええ。元岡っ引の連雀町の彦六です」

「そうか。で、何処に行って来たのかな……」

「元鳥越町は鳥越明神裏に住んでいる高利貸しの利兵衛の家に行き、四半刻で真っ直ぐ帰って来ました」

「高利貸しの利兵衛か……」

「はい。処でおりょうと彦六、何を……」

太市は訊いた。

「不忍池の畔で金貸し勘三郎を殺した疑いだ」

和馬は告げた。

「金貸し勘三郎殺し……」

太市は眉をひそめた。

「ああ……」

和馬は頷いた。

「和馬の旦那……」

幸吉と勇次が駆け寄って来た。

「おう。柳橋の……」

「はい。やあ、太市、御苦労だったな」

幸吉は、太市を労った。

「いえ……」

「旦那、勇次たちも彦六を捜していましたよ」

幸吉は苦笑した。

「ほう。勇次たちも下男の年寄りが彦六だと突き止めていたのか……」

「はい。雲海坊さんと由松さんも捜していましてね。新八が呼んで来る手筈です」

勇次は告げた。

「そうか。よし、肝心なのは、何故に殺したかだ。そいつを見定めてから引き立てる」

「分かりました……」

幸吉と勇次は頷いた。

「金貸し勘三郎に高利貸しの利兵衛ですか……」

太市は眉をひそめた。

「何れにしろ、金、借金が絡んでいるか……」

和馬は読んだ。

「ええ。違いますかね……」

太市は頷いた。

「高利貸しの利兵衛ってのは……」

「ああ。太市、柳橋たちに仔細を話してやってくれ」

「はい……」

太市は頷いた。

和馬は、雲母橋越しに扇屋『香風堂』を眺めた。

扇屋『香風堂』は、暖簾を微風に揺らしていた。

「そうか、和馬と柳橋たちが扇屋香風堂の見張りに付いたか……」

久蔵は頷いた。

「はい。和馬の旦那、彦六がどうして金貸し勘三郎を殺したか見定めてからお縄にすると仰っていました」

太市は報せた。

「うむ……」

久蔵は頷いた。

「父上……」

大助が廊下に来た。

「うむ。入るが良い……」

「はい……」

大助は、神妙な面持ちで入って来た。

太市は脇に控えた。

「お呼びですか……」

「うむ。大助、扇屋香風堂のお内儀おりょうと老下男の彦六は、金貸し勘三郎殺しに拘りがある。此以上、余計な真似はするな」

久蔵は、厳しい面持ちで命じた。

「人殺し……」

大助は驚き、素《す》っ頓狂《とんきょう》な声をあげた。

「ああ……」

久蔵は頷いた。

「太市さん……」

「大助さまが二人を気にされた事が随分と役に立ったようですよ」

太市は笑った。

「えっ。父上……」

大助は、久蔵に戸惑いの眼を向けた。

「うむ。御苦労だった」

久蔵は苦笑し、労った。

「は、はい……」

「用はそれだけだ。退るが良い……」

「はい。では……」

大助は、久蔵に一礼して出て行った。

「太市、後は宜しく頼む……」

久蔵は、大助を見送った。

「心得ました」

「うむ……」

久蔵は微笑んだ。

西堀留川の澱《よど》みに月影は揺れた。

勇次、新八、清吉は、交代で扇屋『香風堂』を見張った。

扇屋『香風堂』は暗く、寝静まっていた。

老下男の彦六は、煙草盆を手にして裏口から出て来た。

「勇次の兄貴……」

清吉は、小声で呼んだ。

背後の暗がりから勇次が現れ、見張っている清吉に並んで彦六を見守った。

彦六は、西堀留川の河岸にしゃがみ込んで煙草を吸い始めた。

煙管の雁首に詰められた煙草の火が燃え、彦六の老顔を仄《ほの》かに照らした。

照らされた彦六の老顔は、厳しく思い詰めたものだった。

勇次と清吉は見守った。

彦六は、厳しい面持ちで煙草を吸った。

煙が舞って煙管の火は消え、彦六の老顔は闇に覆われた。

四

雲母橋には人が行き交い、扇屋『香風堂』は暖簾を微風に揺らした。

勇次、新八、清吉は、扇屋『香風堂』の見張りを続けた。

扇屋『香風堂』には客が出入りし、番頭たち僅かな奉公人が忙しく働いていた。

下男の彦六は、店先の掃除を始めとした雑用に忙しかった。

「変わりはないようだな……」

幸吉がやって来た。

「はい……」

勇次は頷いた。

「雲海坊と由松が知り合いの扇屋を廻り、香風堂の台所の様子を聞いて来たんだが、先代、おりょうの父親の作った借金が多く残されていて、今も返し続けているそうでな。幾らおりょうが頑張っても焼け石に水、台所は火の車。いつ潰れても不思議はないそうだ」

幸吉は報せた。

「そいつは、主のおりょうも大変ですね」

「ああ。気の毒な話だ……」

幸吉と勇次は、父親の残した借金の始末に苦しんでいるおりょうに同情した。

おりょうが金貸し勘三郎や高利貸しの利兵衛に逢ったのは、おそらく父親の残した借金に拘わっての事なのだ。

幸吉と勇次たちは読んだ。

「親分、勇次の兄貴……」

新八と清吉が声を潜めた。

幸吉と勇次は、扇屋『香風堂』を見た。

老下男の彦六が裏から現れ、振り返って扇屋『香風堂』を眺めた。

幸吉、勇次、新八、清吉は見守った。

老下男の彦六は、扇屋『香風堂』に小さく会釈をし、西堀留川沿いの道を浜町堀に向かった。

「親分、あっしと新八が追います」

勇次は告げた。

「よし。じゃあ俺は清吉とおりょうを見張る」

「はい。じゃあ。行くぞ、新八……」

「はい。じゃあ親分……」

勇次と新八は、老下男の彦六を追った。

幸吉と清吉は、引き続いて扇屋『香風堂』を見張った。


老下男の彦六は、浜町堀を越えて両国広小路に進んだ。

相手は年寄りでも昔は凄腕の岡っ引だ……。

勇次と新八は、慎重に尾行た。

彦六は、両国広小路の賑わいを抜け、神田川に架かっている浅草御門に向かった。

勇次と新八は追った。

浅草御門を出た彦六は、蔵前の通りを浅草広小路に向かって進んだ。

元鳥越町にある高利貸し利兵衛の家に行くのかもしれない……。

勇次は、太市から聞いたおりょうと彦六の動きを思い出した。

彦六は、浅草御蔵の前の道を西に曲がった。

「勇次の兄貴、行き先は元鳥越町ですか……」

新八は読んだ。

「ああ。高利貸しの利兵衛の家だろう」

勇次は睨んだ。

彦六は、元鳥越町に入って鳥越明神の裏手に進んだ。

彦六は、板塀に囲まれた高利貸しの利兵衛の仕舞屋を訪れた。

「やっぱり、高利貸しの利兵衛の家ですね」

新八は見定めた。

「うん。彦六、何しに来たのか……」

「ええ……」

新八と勇次は、彦六を尾行る緊張感に微かな疲れを覚えた。

僅かな刻が過ぎた。

彦六が、高利貸しの利兵衛の仕舞屋から出て来た。

勇次と新八は見守った。

彦六は、元鳥越町から三味線堀に向かった。

勇次と新八は、再び尾行を開始した。


彦六は、三味線堀に出た。そして、向柳原《むこうやなぎわら》から神田川沿いの道に抜けて昌平橋に向かった。

勇次と新八は尾行た。

彦六は、昌平橋から神田明神に進んだ。


神田明神の境内には、多くの参拝客が訪れていた。

彦六は、本殿に手を合わせ、境内の隅の茶店の縁台に腰掛けて茶を啜った。

勇次と新八は、境内の石灯籠《いしどうろう》の陰から彦六を見張った。

「只の御参りですかね……」

新八は眉をひそめた。

「さあな。誰かと落ち合うのかもしれないな」

勇次は読んだ。

彦六は、茶を飲みながら行き交う参拝客を眺めていた。

四半刻が過ぎた。

彦六は茶店を出た。

「勇次の兄貴……」

「おう……」

勇次と新八は、彦六を追った。

彦六は、神田明神門前町に出て古い一膳飯屋の暖簾を潜った。

勇次と新八は戸惑った。

「茶店の次は飯屋ですか……」

「ああ。何だか暇を潰しているようだな」

勇次は首を捻った。

「ええ……」

勇次と新八は、古い一膳飯屋を見張った。

昼飯時の古い一膳飯屋には、様々な客が出入りした。

再び四半刻が過ぎた。

古い一膳飯屋には客が出入りし、彦六の後に入った職人たちも飯を食べ終わって出て来ていた。

「彦六、遅いですね。酒でも飲んでいるんですかね……」

新八は眉をひそめた。

「まさか……」

勇次は、血相を変えて古い一膳飯屋に走った。

新八が続いた。


「いらっしゃい……」

古い一膳飯屋の老亭主は、駆け込んで来た勇次と新八を怪訝な面持ちで迎えた。

勇次と新八は、古い一膳飯屋の店内に彦六を捜した。

彦六はいなかった。

「亭主、下男風の年寄りはどうした」

勇次は、老亭主に懐の十手を見せた。

「下男風の年寄り……」

老亭主は眉をひそめた。

「うん……」

「ひょっとしたら、連雀町の彦六親分の事ですかい……」

老亭主は、連雀町の彦六を知っていた。

「そ、そうだ……」

「連雀町の親分なら裏から帰りましたよ」

老亭主は告げた。

勇次と新八は、古い一膳飯屋の裏に走った。


古い一膳飯屋の裏には、厠があって狭い路地が続いていた。

勇次と新八は、狭い路地に彦六を捜しながら走った。

狭い路地は、勇次と新八が古い一膳飯屋を見張っていた通りに出た。

通りに彦六の姿はなかった。

「撒《ま》かれた……」

勇次は、悔しげに吐き棄てた。

「勇次の兄貴……」

「新八、俺は此の界隈で彦六を捜す。お前は此の事を親分に報せろ」

「承知……」

「じゃあ……」

勇次は、彦六を捜しに走った。

新八は見送り、昌平橋に急いだ。


彦六が姿を隠した……。

幸吉は、雲海坊と由松を勇次の許に急がせ、和馬と久蔵に報せた。

「彦六が消えたか……」

久蔵は眉をひそめた。

「はい。尾行ていた勇次と新八を撒いて……」

「そうか……」

「気になるのは、彦六が姿を隠して何をするつもりなのか……」

和馬は首を捻った。

「そいつを知っている者がいるとしたら、たった一人だな」

久蔵は苦笑した。

神田明神から湯島天神……。

勇次は、彦六を捜し廻った。

雲海坊と由松は、勇次と合流して彦六捜しに加わった。だが、彦六の行方と足取りを摑む事は出来なかった。

「流石は連雀町の彦六親分だぜ……」

雲海坊は感心した。

「感心している場合じゃありませんよ」

由松は、落ち込んでいる勇次を示した。

「う、うん。勇次、亀の甲より年の功ってな、お前が悪いんじゃない。彦六が一枚上手だっただけだ」

雲海坊は、勇次を慰めた。

「で、勇次、彦六は今日、何をしていたんだ」

由松は、話題を変えた。

「はい。元鳥越町の高利貸しの利兵衛の家に行き、神田明神の茶店で茶を飲み、門前町の一膳飯屋に入り、籠脱けを……」

2021年
12月の新刊

文春文庫

文春文庫　12月の新刊

若林正恭
ナナメの夕暮れ
至極のスイーツと占星術があなたの幸せを後押しします
極度の人見知りを経て、著者はいかに立派なおじさんになったのか。文庫用に新たな書き下ろしを追加、これにて自分探しは完全終了！
●759円
791805-7

望月麻衣
満月珈琲店の星詠み
〜ライオンズゲートの奇跡〜
画・桜田千尋
八月の新月、満月珈琲店に美しい海王星の遣い・サラが訪れ、スタッフに加わる。人に夢を与えるサラが動くと…。人気シリーズ第三弾
●737円
791792-0

平成の高校生が明治に転生！　驚きの未発表小説、文庫で登場
葉室麟
約束
現代っ子四人の意識が、維新直後を生きる青年らの身体に入り込んだ！　西郷、大久保ら偉人達の側で、生きた歴史の授業が始まる
●715円
791793-7

大ヒット『神様の御用人』著者が贈る新・ファンタジー始動！

カー』を母視点で綴る痛切な小説

桐野夏生
玉蘭〈新装版〉

東京の生活に疲れ、仕事も恋人も捨てて上海留学した有子。ある日、大伯父の幽霊が突然現れ…。過去と現在が交錯する異色の恋愛小説

●957円
791802-6

新田次郎
山が見ていた〈新装版〉

夫を山へ行かせたくない妻が登山靴を隠した結末は。冒頭「山靴」からラスト表題作まで、切れ味よく人間の業を描く傑作ミステリー集

●946円
791804-0

群ようこ
還暦着物日記

雨の日対策から収納術まで、着物を愛して四十年の筆者が綴る和装エッセイ。季節の「群好み」コーディネート写真百点以上、一挙掲載！

●869円
791806-4

青木直己
江戸 うまいもの歳時記

春の潮干狩り、夏はやっぱり江戸前穴子、秋は梨柿葡萄と果物三昧、冬の葱鮪鍋は風物詩――江戸の豊かな食材八十五と食文化を紹介

●803円
791807-1

学藝ライブラリー

河内祥輔
頼朝の時代
1180年代内乱史

平家、義仲や義経は京を制圧しながらも敗れ、頼朝は遠く東国で幕府を樹立できた。頼朝が獲得した正当性とは。鎌倉幕府成立論の名著

●1650円
813096-0

2022年秋公開

あなたは誰?」息子を忘れていく母と、母との思い出を蘇らせていく息子。
ふたりには、忘れることのできない“事件”があった——。

また母が、遠くに行ってしまいそうな気がした。あの時のように。

あの一年間のことを、決して息子に知られてはいけなかった。

●803円 791716-6

勇次は、彦六の動きを思い出した。

「高利貸しの利兵衛か……」

「はい……」

勇次は頷いた。

扇屋『香風堂』の店内には、様々な扇が華やかに飾られ、番頭や手代が客の相手をしていた。

「邪魔をする……」

着流しの久蔵は、目深に被っていた塗笠を取りながら店に入った。

「いらっしゃいませ……」

帳場にいたおりょうが久蔵を迎えた。

「お前さんが女主のおりょうかな……」

「は、はい。失礼ですが、御武家さまは……」

おりょうは、久蔵に怪訝な眼差しを向けた。

「私は南町奉行所の秋山久蔵って者だよ」

「秋山久蔵さま……」

おりょうは、久蔵を知っており、微かな不安を過ぎらせた。

「うむ。ちょいと訊きたい事があってね」

久蔵は笑い掛けた。

「どうぞ……」

おりょうは、久蔵を奥の座敷に通して茶を差し出した。

「戴《いただ》く……」

久蔵は、茶を飲んだ。

「して秋山さま、御用とは……」

「下男の彦六は何処に行ったのかな」

「彦六にございますか……」

おりょうは、久蔵に怪訝な眼を向けた。

「うむ。下男の彦六、何処で何をしようとしているのか、知っているのなら教えて貰おうか……」

「秋山さま、彦六は朝、出掛けたままなのでございます」

おりょうは不安を滲ませた。

「ならば、彦六が何をしようとしているのか、知らないのか……」

久蔵は、おりょうを見据えた。

「はい……」

おりょうは頷き、久蔵に不安げな眼を向けた。

知らない……。

久蔵は、おりょうは知らないと睨んだ。

「ならば、過日、不忍池の畔で殺された金貸し勘三郎とは、どんな拘りなのだ」

「勘三郎さんですか……」

おりょうは眉をひそめた。

「うむ……」

「勘三郎さんには、亡くなった父、此の香風堂の先代がお金を借りていまして、毎月約束通りの利息を返していました」

「それで……」

「返す期限が来まして……」

おりょうは口籠《くちご》もった。

「期限が来て、どうした……」

久蔵は促した。

「もう一年、待ってくれないかと頼みました。そうしたら、利息は倍になると……」

おりょうは、苦しく眉を歪めた。

「利息が倍……」

「はい。毎月一両の利息が二両に……」

おりょうは項垂れた。

「そいつは酷いな……」

「はい。それで考えさせてくれと頼み、料理屋から帰りました」

「で、その夜、勘三郎は殺されたか……」

「はい……」

おりょうは、久蔵を見詰めて頷いた。

「して、元鳥越町の高利貸しの利兵衛の処には、やはり先代の残した借金の事で逢いに行ったのか……」

「はい。返済の期限は来月。もう少し待っては貰えぬかと……」

「利兵衛、何と云ったのだ」

「お金が返せないのなら、此の香風堂を明け渡せと……」

おりょうは、哀しげに俯いた。

「香風堂を明け渡せだと……」

久蔵は眉をひそめた。

「はい。既に一年前に利息を倍に値上げをしているのに……」

おりょうは、父親の残した借金の形《かた》に扇屋『香風堂』を取られそうになっていた。

「その事、彦六は知っているのだな」

「はい。彦六は死んだ夫に命を助けて貰った恩義があると、実家に戻った私に付いて来て、何かと助けてくれています。それ故、いろいろ相談に乗って貰っていましたので……」

「そうか……」

彦六は死んだ永野平四郎に恩義があり、その恩返しに妻のおりょうを護っているのだ。

守り神……。

彦六は、おりょうの守り神として秘かに働いている。

そして今、彦六はおりょうと扇屋『香風堂』の守り神として、高利貸しの利兵衛の命を狙っているのだ。

久蔵は睨んだ。

「あの、秋山さま。彦六が何か……」

おりょうは、不安を滲ませた。

「守り神か……」

久蔵は苦笑した。

元鳥越町の高利貸し利兵衛の家は、板塀に囲まれて静けさに覆われていた。

勇次と雲海坊は、由松を湯島天神に残して利兵衛の家にやって来た。

利兵衛の家の周囲には、彦六はいなく不審な様子も窺えなかった。

「彦六、現れますかね……」

勇次は、不安を過ぎらせた。

「ああ。きっとな……」

雲海坊は、勇次を安心させるように笑った。

彦六が現れる事もなく、日は暮れ始めた。

勇次と雲海坊は見張り続けた。

日は暮れた。

塗笠に着流しの久蔵が、清吉を従えて鳥越明神からやって来た。

「秋山さま……」

雲海坊と勇次は迎えた。

「高利貸しの利兵衛は……」

久蔵は尋ねた。

「家にいます……」

勇次は、利兵衛の家を眺めた。

「そうか。彦六はおそらく利兵衛の命を狙っている……」

久蔵は、利兵衛の家を見据えて告げた。

「やはり……」

勇次と雲海坊は緊張した。

「うむ。利兵衛、おりょうの死んだ父親の作った借金の形に香風堂の明け渡しを望んでいる。彦六は利兵衛を殺し、そいつを食い止めるつもりだ」

久蔵は告げた。

「秋山さま、雲海坊さん、勇次の兄貴……」

清吉は、利兵衛の家を見詰めて呼んだ。

利兵衛が、板塀の木戸から用心棒の浪人を従えて出て来た。

「高利貸しの利兵衛だな……」

久蔵は見定めた。

「きっと……」

雲海坊は頷いた。

「そうか。彦六、昼間来て利兵衛を呼び出したのか……」

勇次は気が付いた。

彦六は、利兵衛を呼び出して勇次たちを撒き、身を潜めてその時を待っているのだ。

利兵衛は用心棒の浪人を従え、三味線堀に向かった。

「あっしと清吉が先に追います。雲海坊さん、秋山さまと……」

「承知……」

雲海坊は頷いた。

勇次と清吉は、利兵衛と用心棒を追った。

「じゃあ秋山さま……」

「おう……」

久蔵と雲海坊は続いた。

不忍池には魚が跳ね、広がる波紋が月影を揺らした。

高利貸しの利兵衛は、用心棒の浪人を従えて不忍池の畔をやって来た。

昼間、扇屋『香風堂』の奉公人は、女主のおりょうが戌《いぬ》の刻五つ（午後八時）、不忍池の畔の料理屋『花月』で逢いたいと云っていると報せに来た。

借金返済の都合がついたのか、それとも扇屋『香風堂』を明け渡すのかもしれない。

何れにしろ損はない……。

利兵衛は、戌の刻五つに料理屋『花月』に行くと約束した。

料理屋『花月』の軒行燈が行く手に見えた。

利兵衛は、狡猾《こうかつ》な笑みを浮べて不忍池の畔を進んだ。

雑木林の暗がりに人影が揺れた。

用心棒の浪人は、利兵衛を庇《かば》うように前に出た。
雑木林から彦六が現れ、用心棒の浪人に目潰しを投げた。
目潰しは、用心棒の浪人の顔に当たって白い粉を舞いあげた。
用心棒の浪人は、眼を潰されて激しく狼狽えた。
彦六は、用心棒の浪人を蹴り飛ばし、匕首を構えて利兵衛に突進した。
利兵衛は立ち竦んだ。
刹那、鉤縄《かぎなわ》が飛来し、匕首を握る彦六の腕に絡み付いた。
彦六は仰《の》け反《ぞ》った。
勇次は鉤縄を引き、清吉が彦六に猛然と組み付いた。
彦六は、清吉を振り払い、勇次の鉤縄を外して利兵衛に迫ろうとした。
「そこ迄だぜ、彦六……」
久蔵は、彦六の前に進んだ。
「お侍……」
彦六は、久蔵に怪訝な眼差しを向けた。
「南町奉行所の秋山久蔵だ……」
久蔵は笑い掛けた。

「あ、秋山さま……」

彦六は、呆然と立ち竦んだ。

勇次と清吉が彦六の背後を塞ぎ、雲海坊が利兵衛を押さえた。

「彦六、此以上、罪を重ねるな。死んだ永野平四郎にどんな恩義があるかは知らぬが、御新造のおりょうの守り神の役目、もう終わりにするのだな」

久蔵は笑い掛けた。

「秋山さま……」

彦六は、両膝を突いて項垂れた。

「御苦労だったな……」

久蔵は微笑んだ。


久蔵は、彦六を金貸し勘三郎殺しで死罪に処し、暴利を貪《むさぼ》る高利貸しの利兵衛を厳しく咎め、吊り上げられる利息に苦しむ者たちを助けた。

助けられた者たちの中には、おりょうの扇屋『香風堂』もあった。

彦六はそれを知り、笑みを浮べて土壇場《どたんば》に臨んだ。

守り神……。

彦六は、守り神の役目を全《まっと》うして死んでいった。
久蔵は、彦六の為にも扇屋『香風堂』が繁盛するのを願った。

第三話

和泉橋

一

金龍山浅草寺《きんりゅうざんせんそうじ》の境内は、参拝客で賑わっていた。

南町奉行所定町廻り同心の神崎和馬は、岡っ引の柳橋の幸吉や下っ引の勇次と共に市中見廻りに出て浅草寺境内の茶店で茶を飲んでいた。

「相変わらず賑わっていますね、浅草寺は……」

幸吉は、境内を行き交う参拝客を眺めながら茶を飲んだ。

「うん。信心深い善男善女か……」

和馬は苦笑した。

「紛れ込んでいるんでしょうね。掏摸《すり》も……」

勇次は、賑わいを眺めた。

「ああ、きっとな……」

和馬は頷いた。

女の悲鳴が雑踏の向こうから上がった。

「退け、退いてくれ……」

勇次は、懐の十手を抜いて雑踏に走った。

幸吉と和馬が続いた。

聖天不動堂の傍の鐘楼の周りに人集りがしていた。

女の悲鳴があがった処だ。

「退いてくれ……」

勇次は、十手を翳して人集りを掻き分けて進んだ。

羽織を着た肥った初老の男が倒れ、二人の町娘が抱き合って震えていた。

勇次、幸吉、和馬は、倒れている初老の男に駆け寄った。

初老の男は、脇腹を血に染めて気を失っていた。

和馬と幸吉は、初老の男の生死を探った。

初老の男は、微かな息をしていた。

「生きている。勇次、医者だ……」

和馬は命じた。

「はい。誰か、お医者はいませんか……」

勇次は怒鳴った。

「儂《わし》は医者だが……」

十徳《じっとく》を着た町医者が、薬籠《やくろう》を手にして人集りから出て来た。

「ありがたい。お願いします。旦那、親分、お医者です」

勇次は、町医者を倒れている初老の男の許に連れて行った。

町医者は、初老の男の脇腹の傷を検めた。

幸吉は、駆け付けた浅草寺の役僧に宿坊《しゅくぼう》の部屋を貸してくれと頼んだ。

勇次は、聞き込みを始めた。

「お前さんたちが見付けたのかな……」

勇次は、抱き合って震えている二人の町娘に声を掛けた。

「はい。私たちが観音さまに御参りをして来たら倒れていたんです」

町娘たちは、待ち兼ねたように喋《しゃべ》った。

「その時、此処から妙な奴が立ち去って行ったとかは……」

勇次は尋ねた。

「いませんでした。妙な奴なんて。ねえ……」

「うん。見ませんでしたよ……」

二人の町娘は、初老の男を刺したと思える者を見掛けてはいなかった。

「そうですかい。誰か、何か見た人はいませんか……」

勇次は、集まっている人々に尋ねた。

集まっている人々は、顔を見合わせて首を捻るばかりだった。


脇腹を刺された初老の男は、浅草寺の宿坊の一つに運ばれた。

町医者の手当ては続いた。

和馬と幸吉は、初老の男の身許《みもと》を突き止める為に持ち物を検めた。

二両一分と小銭の入った財布と手拭などがあったが、身許の分かる物は何一つ持ってはいなかった。

「よし。此で大丈夫だ。もう直、気を取り戻すだろう」

町医者は、手当てを終えた。

「そうですか、造作を掛けましたね。薬代は後刻《ごこく》届けさせます」

幸吉は、町医者の名前と場所を訊いた。

「いや。大した手当てをした訳じゃあないから薬代は無用だ。じゃあ、お大事に……」

町医者は、宿坊から出て行った。

和馬と幸吉は見送った。

「あのう……」

嗄れ声がした。

和馬と幸吉は、初老の男が眼を覚ましたのに気が付いた。

「おう、気が付いたか……」

和馬と幸吉は、初老の男の傍に座った。

「は、はい……」

初老の男は、不安を浮べていた。

「此処は浅草寺の宿坊だ。浅手で良かったな」

「宿坊……」

初老の男は、部屋を見廻した。

「で、お前さん、名前は……」

和馬は尋ねた。

「はい。手前は吉兵衛《きちべえ》と申しまして上野元黒門町《うえのもとくろもんちよう》で研屋《とぎや》を営んでいる者にございます」

初老の男は、研屋吉兵衛と名乗った。

「ほう。研屋か……」

〝研屋〟とは、刃物や鏡を研ぐ店を称した。

「はい。剣堂《つるぎどう》って研屋です……」

吉兵衛は頷いた。

「剣堂か。して、お前さんを刺したのは誰なんだい……」

「さあ、いきなり後ろから刺されたので……」

吉兵衛は、痛みに顔を歪めた。

「分からないか……」

「はい。直ぐに眼の前が真っ暗になって……」

吉兵衛は、気を失ってしまったのだ。

「ならば吉兵衛、誰かに恨まれているような事はないのかな」

和馬は訊いた。

「手前が恨まれているような事……」

吉兵衛は、戸惑いを浮べた。

「うむ……」

「あの。手前を刺した奴は金が目当てで……」

「いや。財布は無事だよ」

「そうですか……」

「で、恨みを買っているかどうかだ……」

「手前に覚えはありませんが……」

吉兵衛は、疲れたように眼を瞑《つむ》った。

「よし。休むが良い。上野元黒門町の剣堂には報せておくぜ」

和馬は告げ、幸吉を促して座敷を出た。

吉兵衛は、眼を開けて吐息を洩らした。

「どう思う……」

和馬は、幸吉に笑い掛けた。

「物盗りなら金、恨みなら命を奪う。そのどちらでもないなら、脅しですかね……」

幸吉は読んだ。

「脅しか……」

和馬は眉をひそめた。

「ええ。云われた通りにしなければ、次は怪我じゃあ済まない……」

「って事は、裏に何かが潜んでいるか……」

和馬は読んだ。

「ええ。吉兵衛、何かを隠しているのかもしれませんね」

幸吉は、小さな笑みを浮べた。

「うむ……」

「とにかく、勇次を元黒門町の剣堂に走らせ、剣堂を調べてみますか……」

「そうだな……」

和馬は頷いた。

上野元黒門町の研屋『剣堂』は、二人の手代と数人の研師を抱えていた。

勇次は、お内儀のおこうに報せた。

お内儀のおこうは驚き、手代の一人を連れて浅草寺の宿坊に急いだ。

研師たちは、丁寧に刀を研いでいた。

『剣堂』はそれなりに繁盛している……。

勇次は店内を見廻し、残った手代にそれとなく聞き込みを掛けた。

「旦那の吉兵衛さん。商売上手のようですね」

「えっ。ええ……」

手代は頷いた。

「お客はやっぱりお武家が多いのかな……」

「そりゃあもう……」

手代は頷いた。

研屋は鏡などの研ぎもするが、刀が主に扱う品物なのだ。

「旗本御家人に大名家の家来ですか……」

「ええ……」

「で、吉兵衛さん、恨まれているって事はありませんか……」

「恨まれているなんて、手前は知りません」

手代は、困惑したように顔を歪めた。

「そうですかい……」

知っていても話せない事もある……。

勇次は、刀を研いでいる研師を窺った。

老研師が慌てて視線を手許に落し、刀を研ぎ続けた。

今迄、俺と手代の遣り取りに聞耳を立てていた……。

勇次は感じた。

「勇次の兄貴……」

新八と清吉が、親分幸吉の伝言を受けて駆け付けて来た。

上野元黒門町は下谷広小路に面している。

勇次は、行き交う人越しに研屋『剣堂』を眺め、新八と清吉に事の顚末《てんまつ》を話して聞かせた。

「じゃあ、剣堂の吉兵衛旦那、自分が誰にどうして刺されたのか知っているのに、知らないと云っているんですか……」

新八は眉をひそめた。

「ああ。親分も和馬の旦那もそう睨んでいる」

勇次は頷いた。

「それにしても剣堂の旦那、どうして惚けるんですかね」

清吉は首を捻った。

「そいつは、自分が刺された理由を役人や世間に知られたくないからだろう」

勇次は読んだ。

「刺された理由ですか……」

「うん。そいつが何か、剣堂と吉兵衛旦那の周辺を洗ってみるぜ。いいな……」

勇次は命じた。

「承知……」

新八と清吉は頷いた。

「よし。先ずは同業の研屋に聞き込みを掛けてくれ。俺は剣堂の研師や奉公人をもう少し調べてみる」

勇次は、慌てて視線を逸《そ》らした老研師が気になっていた。

南町奉行所には多くの人が出入りしていた。

和馬は、久蔵の用部屋を訪れて研屋『剣堂』主吉兵衛が刺された事を報せた。

「ほう。剣堂の主がな……」

「はい。吉兵衛と申しますが、御存知ですか」

和馬は尋ねた。

「いや。刀の研ぎは、いつも京橋の真光堂《しんこうどう》に頼んでいてな。元黒門町の剣堂は名を知っているだけだ」

「そうですか。評判はお聞きですか……」

「うむ。しっかりした仕事をすると聞いたが、中には手抜きをすると云う噂もある。ま、研師の腕にもよるだろうが、主吉兵衛の商売に対する姿勢のありようだな。して、その吉兵衛が誰に何故に刺されたのか知りながら、知らぬと惚けているのか……」

「はい。私と柳橋の見た限りでは……」

和馬は頷いた。

「だとしたら、惚ける裏にはどのような理由があるのかだな……」

久蔵は眉をひそめた。

「はい。既に柳橋のみんなが動き始めていますが、何が潜んでいるのか……」

和馬は、厳しさを過ぎらせた。

「ま、急所を外した浅手でも、刺されたとなると穏やかじゃない。油断せず心して探索を進めるんだな」

久蔵は、厳しい面持ちで命じた。


夕暮れ時が訪れた。

上野元黒門町の研屋『剣堂』は、暖簾を仕舞い始めた。

勇次は、物陰から見張っていた。

研屋『剣堂』の主吉兵衛は、既にお内儀のおこうと手代に引き取られて戻って来ていた。

勇次は、店仕舞いをした研屋『剣堂』から老研師が出て来るのを待った。

老研師の名は喜作《きさく》であり、住まいは入谷鬼子母神の裏だった。

勇次は、自身番の番人や木戸番などを通じて知った。

老研師の喜作は、研屋『剣堂』の裏口に続く路地から出て来た。

出て来た……。

勇次は見守った。

老研師の喜作は、下谷広小路を通って入谷鬼子母神裏の家に帰るのだ。

勇次は、下谷広小路を山下に急ぐ喜作を追った。

夕暮れ時の下谷広小路は、仕事仕舞いをした者たちが足早に行き交っていた。

入谷鬼子母神の大銀杏《いちょう》は、風に枝葉を鳴らして揺れていた。

老研師の喜作は、足早に鬼子母神に差し掛かった。

「喜作さん……」

勇次は声を掛けた。

喜作は立ち止まり、怪訝に振り向いた。

「やあ……」

勇次は、喜作に駆け寄った。

喜作は、勇次の顔を見て微かな緊張を滲ませた。

「あっしは、岡っ引の柳橋の幸吉の身内で勇次って者です。ちょいと訊きたい事がありましてね」

勇次は、喜作に笑い掛けた。

「儂は何も知らない……」

喜作は、云い棄てて行こうとした。

「でも、旦那の吉兵衛さんが浅草寺の境内で刺されたのは知っていますね」

勇次は、喜作の背に投げ掛けた。

喜作は立ち止まり、振り返った。

「ああ……」

「で、旦那の吉兵衛さんは誰に何を恨まれているんですか……」

「知らねえ……」

「じゃあ、何を知っているんですか……」

勇次は、構わず尋ねた。

「儂は旦那に命じられて刀を研いでいるだけだ」

「どんな刀ですか……」

「そりゃあ、刃毀《はこぼ》れをしたり、血曇《ちぐも》りをした刀だ……」

〝血曇り〟とは、生き物を斬って附着した血を拭っても取れぬ曇りを云う。

「へえ、刃毀れや血曇りって事は、人を斬った刀ですか……」

勇次は読んだ。

「どうしてそうなったかなんて知らねえ。儂はそいつを研いで綺麗にするだけだ」

喜作は、云い棄てて歩き出した。

勇次は、充分に距離を取って尾行た。

喜作は、鬼子母神の裏手にある小さな仕舞屋に入って行った。

勇次は見届けた。


行燈の火は落ち着いた。

「刃毀れに血曇りをした刀か……」

幸吉は眉をひそめた。

「はい。その研師の喜作、おそらく何かを知っていますよ」

勇次は告げた。

「うん……」

「で、新八や清吉、何か聞き込んで来ましたか……」

「そいつが、研屋剣堂の吉兵衛、商売上手の遣り手だと専らの評判でな。今の処、悪い噂はないんだな」

幸吉は告げた。

「そうですか……」

「ま、新八と清吉には引き続き、聞き込みを続けろと云ってあるよ」

「じゃあ、あっしも引き続き、研師の喜作に張り付いてみます」

「ああ……」

幸吉は頷いた。

油が切れ掛かったのか、行燈の火は小刻みに瞬いた。

「刃毀れに血曇りか……」

久蔵は眉をひそめた。

「はい。南町奉行所が月番の時の事件は分かっていますが、北町奉行所が月番の時の事は詳しく分からないので、今、和馬の旦那に調べて貰っています」

幸吉は告げた。

「そうか……」

「秋山さま、柳橋の……」

和馬は、足早に久蔵の用部屋にやって来た。

「御造作をお掛けしました」

「して、何か分かったのか……」

　久蔵は尋ねた。

「はい。先月、北町が月番の時、神田川に架かっている和泉橋《いずみばし》の袂に辻斬りが現れ、酒に酔った職人を斬り殺していましたよ」

　和馬は告げた。

「辻斬りですか……」

　幸吉は眉をひそめた。

「うん。辻斬りは未だ捕まっていない一件でな。斬られた職人、頭の骨に幾つもの刃の傷痕があったらしい。辻斬り、鈍《なまくら》な腕で力任せに刀を振り廻したようだ」

　和馬は苦笑した。

「で、辻斬りの刀が刃毀れをし、血曇りが取れず、剣堂に研ぎに出したか……」

　久蔵は読んだ。

「かもしれません……」

　和馬は頷いた。

「で、旦那の吉兵衛がそれに気が付き、口封じの脅しを掛けられましたか……」

　幸吉は睨んだ。

「うむ。その辺りかな……」

和馬は幸吉の睨みに頷いた。

「ならば、研師の喜作が研いだ刀の持ち主が辻斬りか……」

久蔵は、小さな笑みを浮べた。

「おそらく……」

幸吉は頷いた。

「よし。和馬。北町奉行所から和泉橋の辻斬りの一件、書類を取り寄せろ。柳橋の、和泉橋の辻斬りの一件、ちょいと調べてみてくれ」

久蔵は命じた。

「心得ました」

和馬と幸吉は頷いた。

「さあて、刀を力任せに振り廻す虚《うつ》け者の辻斬り、思わぬ処から割れて来るかもしれないな……」

久蔵は、不敵な笑みを浮べた。

二

神田川の流れは煌めいた。

幸吉は、辻斬りの探索に雲海坊と由松を投入した。

雲海坊と由松は、和泉橋の上に佇んで両岸を眺めた。

「神田川の南には玉池稲荷界隈に僅かな旗本御家人、北には御《お》徒町《かちまち》の組屋敷と大名旗本屋敷か……」

雲海坊は眉をひそめた。

「やっぱり、北の大名旗本屋敷ですか……」

由松は睨んだ。

「ああ。ちょいと噂を集めてみるか……」

「噂ですか……」

「うん。鈍な腕の馬鹿の噂をな……」

雲海坊は、嘲りを浮べた。

「分かりました。その辺から始めますか……」

由松と雲海坊は、神田川に架かっている和泉橋を北に渡り、御徒町から向柳原の三味線堀で聞き込みを始める事にした。


研屋『剣堂』は、主の吉兵衛が刺されても暖簾を出し続けていた。

それは、吉兵衛の指図なのだ。

勇次は老研師の喜作を見張り、新八と清吉は聞き込みを続けていた。

老研師の喜作は、若い研師の親方として研ぎ場の奥で刀を研いでいた。

新八と清吉は、同業の研屋に聞き込みを掛けて来た。

同業の研屋の間では、『剣堂』の馴染客は大身旗本や大名家も多く、繁盛していると云われていた。

「そうか……」

勇次は、新八と清吉の聞き込みの結果を聞いた。

「それから勇次の兄貴、気になる噂がありましたよ」

新八は囁いた。

「気になる噂……」

勇次は眉をひそめた。

「ええ。剣堂は盗まれた刀や曰《いわ》く付きの刀と知りながら、大金で研ぎを引き受けているそうですよ」

新八は告げた。

「それから、持ち込まれた曰く付きの刀を安値で買い叩き、鞘《さや》や柄《つか》などの拵《こしら》えを変えて高値で売り捌《さば》いて大儲《もう》けをしているとか……」

清吉は、同業者の研屋の間に流れている噂を報せた。

「成る程な。じゃあ、怒ったりやっかんでいる同業者もいるんだろうな」

勇次は読んだ。

「ええ。ですが、多くの者は怒るより、商売上手だと羨《うらや》んでいますよ」

清吉は呆れた。

「そうか……」

勇次、新八、清吉は、研屋『剣堂』主の吉兵衛の商売上手の事実を知った。

研屋『剣堂』には、刀を持った武士が出入りしていた。

老研師の喜作は、研ぎ場の隅で黙々と刀を研いでいた。

勇次は、清吉を幸吉の許に走らせ、新八と研屋『剣堂』の見張りを続けた。

神田川に架かる和泉橋を渡ると、神田佐久間町などの町家が続いて御徒町になる。

御徒町には、小旗本や御家人が住む組屋敷が連なっている。そして、御徒町から東の向柳原に進むと伊勢国津藩江戸上屋敷、対馬国府中藩江戸上屋敷、出羽国秋田藩江戸上屋敷などの大名屋敷や大身旗本の屋敷があった。

辻斬りは鈍な腕の虚け者……。

雲海坊と由松は、大名旗本家に拘わる者と睨み、向柳原に進んだ。そして、大名旗本家の中間小者に聞き込みを掛け、辻斬りに拘わる噂を集め始めた。

下谷広小路は賑わっていた。

研屋『剣堂』を見張る勇次と新八の許に幸吉と和馬が清吉を従えて現れた。

「吉兵衛が刺されたのには、和泉橋の辻斬りの刀が拘わっているかもしれない。そいつを吉兵衛に問い質してみるぜ」

幸吉は、勇次と新八に告げた。

「吉兵衛の旦那、正直に話してくれれば良いんですがね」

勇次は眉をひそめた。

「おそらく正直に話はしないだろう。ま、どんな面をするか見届けてやるさ」

　和馬は嘲笑った。

　研屋『剣堂』主の吉兵衛は、蒲団の上に半身を起こして和馬と幸吉を迎えた。

「やあ。随分と良さそうだな……」

　和馬は笑い掛けた。

「は、はい。神崎さまと柳橋の親分さんのお陰で命を取り留めました」

　吉兵衛は礼を述べた。

「なあに、刺した野郎は、端《はな》から殺すつもりはなかったようだ」

　和馬は、吉兵衛を見据えた。

「さ、左様にございますか……」

　吉兵衛は、微かに怯んだ。

「ああ。いつでも殺せるって脅しだ。何か心当りはあるかな」

「いいえ……」

　吉兵衛は、硬い面持ちで首を横に振った。

「そうか……」

和馬は苦笑した。

「処で吉兵衛さん、此の処、刃毀れしたり血曇りをした刀の研ぎを頼まれたりはしませんでしたか……」

幸吉は尋ねた。

「刃毀れしたり、血曇りした刀の研ぎは良く頼まれますが……」

吉兵衛は、微かな不安を過ぎらせた。

「ほう。良く頼まれますか……」

「はい……」

「じゃあ、そうした中に曰く因縁のある刀もありますね」

「そりゃあるかもしれませんが、手前共は刀をお預かりする時、そのような事はお尋ね致しませんので……」

吉兵衛は、言葉を濁《にご》した。

「分かりませんか……」

幸吉は念を押した。

「はい……」

吉兵衛は頷いた。

「して吉兵衛、先月、神田川は和泉橋で辻斬りがあったのは知っているな」

和馬は、不意に尋ねた。

「えっ。いえ。はい……」

吉兵衛は、僅かに狼狽えながら頷いた。

「そりゃあ、知っているだろうな。で、辻斬りは何処の誰だい……」

和馬は、笑みを浮べて吉兵衛を見詰めた。

「えっ。いえ。手前はそのような事は存じません……」

吉兵衛は、必死な面持ちで和馬を見返した。

「そうか。知らないか……」

和馬は笑った。

研屋『剣堂』主の吉兵衛は、和泉橋に現れた辻斬りが何者か研ぎに出された刀を通じて気が付いた……。

和馬と幸吉は睨んだ。

だが、刀の持ち主は、吉兵衛が気が付いたのを知り、脅しを掛けたのだ。

「やっぱり……」

勇次は、和馬と幸吉の話を聞いて頷いた。

「ああ。だが、吉兵衛は一切を知らないと云い、惚けていやがる」

和馬は苦笑した。

「勇次、吉兵衛が刺されたのは、辻斬りの刀に拘わっての事に間違いない。その確かな証拠を摑んでくれ」

幸吉は命じた。

「承知……」

勇次は頷いた。

下谷広小路の賑わいは続いた。


風が吹き抜け、三味線堀に小波《さざなみ》が走った。

雲海坊と由松は、聞き込みの途中に三味線堀の堀端で落ち合った。

「どうだ……」

「はい。大名や大身旗本の身内に拘わる者に鈍な腕の馬鹿は大勢いますが、辻斬りを働くような大馬鹿は中々……」

由松は、苦笑しながら首を横に振った。

「俺の方もだ。ま、強いて云えば、筑後国は松崎藩江戸下屋敷にいる殿さまの甥っ子ってのが、評判が悪いな」

「松崎藩江戸下屋敷にいる殿さまの甥っ子ですか……」

「ああ。刀を振り廻して犬や猫を追い掛けたり、気に入らない事があると、直ぐに刀を抜いて家来や奉公人を手討ちにすると喚《わめ》き出す馬鹿だそうだ」

雲海坊は告げた。

「その馬鹿の噂ならあっしも聞きましたが、松崎藩の殿さまの甥っ子でしたか……」

由松は眉をひそめた。

「うん。直弥《なおや》って名前だそうだ」

「直弥ですかい……」

「ああ。気になるか……」

「ええ。まあ……」

由松は頷いた。

「じゃあ、松崎藩の江戸下屋敷にちょいと行ってみるか……」

「ええ……」

「よし……」

雲海坊と由松は、三味線堀から松崎藩江戸下屋敷に向かった。

半纏を着た男は、研屋『剣堂』の店内を窺いながら店先を通り過ぎて物陰に入った。

「勇次の兄貴……」

新八は眉をひそめた。

「ああ。剣堂を窺っていやがる……」

勇次は、物陰に潜んだ半纏を着た男を見詰めた。

「じゃあ……」

「ひょっとしたら、主の吉兵衛の様子を窺いに来たのかもしれないな」

勇次は読んだ。

「野郎……」

新八は、物陰から研屋『剣堂』を窺っている半纏を着た男を見据えた。

薬籠を提げた町医者が、お内儀のおこうに見送られて研屋『剣堂』から出て来た。そして、湯島天神裏門坂道に向かった。

半纏を着た男は、町医者を追った。

「どうします」

「追うぜ」

勇次と新八は、町医者を尾行る半纏を着た男を追った。

町医者は、湯島天神裏門坂道から明神下の通りに曲がった。

半纏を着た男は、町医者に駆け寄った。

勇次と新八は見守った。

半纏を着た男は、町医者と短く言葉を交わして別れた。

「どうします」

新八は眉をひそめた。

「おそらく、お医者に吉兵衛旦那の具合を確かめたんだろう。此のまま半纏の野郎を追うよ」

勇次は笑った。

「はい……」

新八と勇次は、半纏を着た男を尾行た。

半纏を着た男は、湯島天神裏門坂道に戻った。

湯島天神の境内は賑わっていた。

半纏を着た男は、男坂を駆け上がって湯島天神の境内に入った。

新八と勇次は追った。

半纏を着た男は、境内を抜けて参道から湯島天神を出た。そして、門前町の盛り場に向かった。

勇次と新八は尾行た。

湯島天神門前町の盛り場に連なる飲み屋は、夜の商売の仕度を始めていた。

半纏を着た男は、暖簾を仕舞ったままの飲み屋の一軒に入った。

勇次と新八は見届けた。

「どう云う店なんですかね……」

「うん。俺が見張っている。ちょいと聞き込んで来な」

勇次は命じた。

「合点です」

新八は駆け去った。

勇次は、半纏を着た男の入った飲み屋を眺めた。

飲み屋の腰高障子が開き、年増の女が出て来て気怠《けだる》そうに掃除を始めた。

女将か……。

勇次は窺った。

年増の女は、欠伸を噛み殺して手抜きの掃除をし、店内の片付けを始めた。

余り商売に熱心じゃあない……。

勇次は読んだ。

新八が戻って来た。

「何か分かったか……」

「はい。女将はおきぬって名前の三十歳過ぎの年増で、氷川左馬之介《ひかわさまのすけ》って浪人の情夫《おとこ》がいるそうです」

新八は告げた。

「浪人の氷川左馬之介か……」

「ええ。腕が立ち、博奕打ちや地廻りとも付合いのある奴だそうです。半纏を着た野郎は氷川左馬之介に用があって来たんでしょうね」

新八は読んだ。

「きっとな……」

半纏を着た男が、着流しに総髪の浪人と飲み屋から出て来た。

勇次は頷いた。

勇次と新八は物陰に隠れた。

半纏を着た男と総髪の浪人は、盛り場の出入り口に向かった。

「着流しの浪人、氷川左馬之介ですかね」

新八は睨んだ。

「きっとな。尾行るよ」

勇次は、新八を促して氷川と半纏を着た男を尾行た。


筑後国松崎藩江戸下屋敷は表門を閉め、静けさに包まれていた。

雲海坊と由松は、表門の閉められた松崎藩江戸下屋敷を見張った。

「評判の悪い殿さまの甥っ子の直弥。今も馬鹿な真似をしているんですかね」

由松は、腹立たしげに吐き棄てた。

「ああ。きっとな……」

雲海坊は苦笑した。

中年の下男が血相を変え、松崎藩江戸下屋敷の裏手から飛び出して来た。

「待て……」

二人の家来が追って現れ、中年の下男に追い縋った。

「お助けを、お助け下さい……」

中年の下男は、泣き喚いて抗《あらが》った。

「大人しくしろ、平吉《へいきち》。さあ、直弥さまがお待ちだ」

二人の家来は、平吉と呼んだ中年の下男を無理矢理に下屋敷に連れ戻そうとした。

「嫌だ。誰か、助けて……」

平吉は、必死に抗った。

「南無妙法蓮華経……」

雲海坊が饅頭笠を目深に被り、経を読みながら出て来た。

二人の家来は戸惑った。

「その者を殺すのなら拙僧が引導を渡してやりましょうか……」

雲海坊は、笑いを含んだ声で告げた。

「な、何……」

二人の家来は怯んだ。

「殺すのは、直弥と申す馬鹿ですかな……」

雲海坊は嘲りを浮べた。

「な、何だと……」

二人の家来は、刀の柄を握って身構えた。

次の瞬間、由松が二人の家来の背後に忍び寄り、鼻捻を振り下ろした。

鈍い音が鳴った。

家来の一人が殴られた頭を抱え、気を失って倒れた。

残る家来が驚いた。

刹那、雲海坊が錫杖の石突を残る家来の脾腹に叩き込んだ。

残る家来は呻き、腹を抱えて崩れた。

「さあ、逃げるぜ」

由松は、呆然と立ち竦んでいる下男の平吉に声を掛けた。

「は、はい……」

平吉は頷き、由松と一緒に逃げた。

「南無阿弥陀仏。おっと未だ早いか……」

雲海坊は、倒れている二人の家来に嘲りを浴びせて由松と平吉に続いた。

三

不忍池の中ノ島弁財天は参拝客で賑わっていた。

浪人の氷川左馬之介と半纏を着た男は、仁王門前町《におうもんぜんちょう》の料理屋『笹乃井《ささのい》』の広間に上がった。

不忍池に臨む広間は、衝立《ついたて》で仕切られて何組かの客たちが料理を食べていた。

氷川と半纏を着た男は、先に来ていた羽織袴の武士の前に座って酒と料理を頼んだ。

勇次と新八は、氷川たちの背後に座って飯を注文した。

「して、どうだ……」

羽織袴の武士は、氷川を見詰めた。

「辰次《たつじ》……」

氷川は、半纏を着た男を促した。

「はい。何も云わず、惚けているそうですよ」

辰次と呼ばれた半纏を着た男は、薄笑いを浮べた。

「そうか……」

羽織袴の武士は、狡猾な笑みを浮べた。

「ま。余計な事を喋ると、次は命を獲られると思い知ったのだろう」

氷川は冷笑した。

「うむ。ならば、そろそろ次を企てても良いようだな」

「相良《さがら》さん、それならもう少し刀の使い方を教えるのだな」

「面倒を掛けるな。約束の金だ……」

相良と呼ばれた羽織袴の武士は、小さな懐紙の包みを氷川に差し出した。

「うむ……」

氷川は、小さな懐紙の包みを懐に入れた。

「ならば、次が決まり次第、報せる……」

「うむ……」

氷川は頷いた。

相良は、座を立って広間から立ち去った。

「あっしが追います……」

新八は、飯を掻き込み、相良を追って広間から出て行った。

勇次は、浪人の氷川と辰次を見張り続けた。

不忍池から吹き抜ける微風は心地好く、広間では様々な客が料理と酒を楽しんでいた。

神田川は、柳橋を過ぎて大川に流れ込む。

両国広小路に続く柳橋の南詰には、蕎麦屋『藪十《やぶじゅう》』が暖簾を仕舞っていた。

雲海坊と由松は、助けた下男の平吉を蕎麦屋『藪十』に連れて来た。

老亭主の長八《ちょうはち》は、訳ありと睨んで直ぐに暖簾を仕舞った。

「安心しな。此の店は大丈夫だぜ」

雲海坊は笑った。

「は、はい……」

平吉は、怯えを滲ませて頷いた。

「お待ちどお……」

長八が酒を持って来た。

「済みません、長八さん……」

由松は、長八に礼を述べた。

「ま、一杯遣って落ち着きな……」

長八は、平吉に酒を勧めた。

「はい。畏《おそ》れ入ります……」

平吉は、猪口を差し出した。

猪口は小刻みに震えた。

長八は苦笑し、酒を注いでやった。

平吉は、猪口の酒を飲み干して吐息を洩らした。

「さあて、何があったのかな……」

雲海坊は、平吉の猪口に酒を満たし、手酌で飲んだ。

「はい。手前は筑後国松崎藩江戸下屋敷に下男奉公をしている平吉と申す者ですが、今日、裏庭を掃除していたら、不意に後ろから誰かに押さえられたので驚き、咄嗟に振り払ったのです。そうしたら倒れられて……」

「その倒れたのが、殿さまの甥っ子の馬鹿の直弥だったのかな……」

雲海坊は読んだ。

「はい。それで、直弥さまはお怒りになられ、手前を手討ちにすると……」

平吉は思い出し、恐怖に震えた。

「それで、屋敷から逃げ出したんですか……」

由松は眉をひそめた。

「はい、そうしたら追われて……」

平吉は、蘇る恐怖を打ち消すように猪口の酒を啜った。

「酷い話だな」

長八は呆れた。

「ええ……」

雲海坊は頷いた。

「それで平吉さん、その馬鹿の直弥なんですが、夜な夜な出歩いているような事はありませんかい……」

由松は、肝心な事を尋ね始めた。

「夜な夜な出歩く……」

「ええ……」

「そう云えば、先月は近習《きんじゅう》の相良源之助《げんのすけ》さまと良く出掛けられていましたが、今はそんな事はないかと……」

平吉は告げた。

「平吉さん、出掛けなくなったのは、和泉橋に辻斬りが現れてからですかね……」

雲海坊は尋ねた。

「辻斬り……」

平吉は眉をひそめた。

「ええ……」

「そう云えば、辻斬りが現れてから出掛けなくなったので、御家来衆は辻斬りを恐れていると陰で笑っていましたよ」

「雲海坊の兄貴……」

由松は苦笑した。

「ああ。恐れているのは、辻斬りだと露見する事だろうな」

雲海坊は睨んだ。

何れにしろ、下男の平吉は、直弥が辻斬りを働いたかどうかは知らなかった。

だが、直弥の冷酷残忍さと、近習の相良源之助が取り巻きだと云う事が分かった。

御徒町には物売りの声が響いていた。
相良と呼ばれた羽織袴の武士は、御徒町を抜けて三味線堀近くの大名屋敷に入った。
新八は見届けた。
何処の藩の大名屋敷なのか……。
新八は、近くの者たちに聞き込みを掛けた。
大名屋敷は、筑後国松崎藩江戸下屋敷だった。
相良は、松崎藩の家臣なのだ。
その相良は、浪人の氷川左馬之介や半纏を着た辰次とどのような拘りなのだ。
金で雇っている間柄なのか……。
新八は読んだ。
陽は大きく西に傾いた。
「筑後国は松崎藩の殿さまの甥っ子の水野《みずの》直弥か……」
幸吉は眉をひそめた。

にする……」

「ええ。刀を抜いて犬や猫を追い廻し、気に入らなければ家来や奉公人を手討ち
由松は、怒りを滲ませた。

「冷酷残忍な馬鹿でしてね。取り扱いの面倒な野郎ですよ」

雲海坊は苦笑した。

「じゃあ、雲海坊と由松は、その直弥が辻斬りだと睨んでいるんだな」

幸吉は尋ねた。

「ええ……」

雲海坊と由松は頷いた。

「そうか。で、勇次の方はどうだ……」

「はい。研屋の剣堂の吉兵衛の様子を窺う辰次って野郎がいましてね。そいつが
氷川左馬之介って浪人と連《つる》んでいて……」

「氷川左馬之介……」

「はい。で、辰次と氷川左馬之介、相良って松崎藩の家来と逢っていましたよ」

勇次は告げた。

「松崎藩家中の相良か……」

「親分、勇次、その相良ってのは、直弥の近習の相良源之助だぜ」

雲海坊は告げた。

「じゃあ、吉兵衛の様子を窺う奴らと松崎藩の直弥は、相良源之助を通じて拘りがあるんだな……」

「はい……」

勇次は頷いた。

「そうか……」

幸吉は、厳しさを滲ませた。

「そうか、筑後国松崎藩藩主水野忠直《ただなお》の甥の直弥か……」

久蔵は、幸吉の報せを聞き終えた。

「はい……」

「で、直弥が辻斬りだと云う確かな証拠はあったのか……」

「それが未だ……」

「辻斬りは、刀を闇雲に振り廻して仏の頭や肩の骨などに深い傷を負わせた。そうなると、刃毀れをし、下手をすれば刀身も歪み、研ぎに出さなければ遣い物にならぬ。で、辻斬りは刀を剣堂に研ぎに出したか……」

久蔵は読んだ。

「はい。で、勇次が剣堂の研師の親方の喜作が何か知っていると睨み、近付いたのですが、知らぬ存ぜぬと……」

幸吉は、苛立《いらだ》ちを過ぎらせた。

「ひょっとしたら、吉兵衛に口止めをされているのかもしれません」

和馬は睨んだ。

「うむ。して和馬、和泉橋に辻斬りが出てからどのぐらい経つかな」

「先月の半ばですから、もう一月《ひとつき》になりますか……」

和馬は読んだ。

「ならば、そろそろ現れるかもしれぬな」

久蔵は小さく笑った。

「秋山さま……」

「うむ。和馬、柳橋の。松崎藩江戸下屋敷の直弥と相良源之助、それから浪人の氷川左馬之介から眼を離すな」

久蔵は命じた。

和馬は、松崎藩江戸下屋敷の斜向いの旗本屋敷の主に話を付け、中間長屋の一室を借りた。そして、見張り場所にして雲海坊、由松、新八と詰めた。

幸吉と清吉は、湯島天神門前町にある浪人氷川左馬之介のいる飲み屋を見張った。

勇次は、研屋『剣堂』を見張り、老研師の喜作を見守った。

松崎藩江戸下屋敷は出入りする者もいなく、陰鬱な緊張感に覆われていた。

「直弥のような主筋《しゅうすじ》の者に馬鹿がいる屋敷は、家来も奉公人も皆、息を詰めて笑う事もありませんか……」

雲海坊は苦笑した。

「ああ。気の毒な話だ」

和馬は頷いた。

「それにしても、主が悪事を働けば諫《いさ》めるのも家来の役目ですぜ」

由松は、皮肉っぽい笑みを浮べた。

「由松、そいつが僅かな扶持米《ふちまい》でも貰っている宮仕えの辛い処だ」

和馬は淋しげに笑った。

「和馬の旦那、雲海坊さん、由松さん……」

新八が、武者窓を見たまま呼んだ。

「どうした……」

「家来の相良源之助が出て来ました……」

新八は報せた。

和馬、雲海坊、由松は、窓辺に寄って武者窓を見た。

相良源之助は、鋭い眼差しで辺りを窺い、不審な様子がないと見定めて御徒町に向かった。

「よし。由松、新八、尾行るぞ」

和馬は、雲海坊を直弥の見張りに残し、由松、新八と旗本屋敷の中間長屋を出た。

湯島天神門前町の盛り場は、遅い朝を迎えていた。

幸吉と清吉は、連なる飲み屋の一軒を見張っていた。

半纏を着た男がやって来て、幸吉たちの見張っている飲み屋に入った。

「親分……」

「ああ。辰次の野郎だな」

幸吉は睨んだ。

「ええ……」

幸吉と清吉は、飲み屋を見張り続けた。

僅かな刻が過ぎ、辰次が出て来た。

そして、着流しで総髪の浪人が飲み屋から続いて現れた。

「親分……」

清吉は緊張した。

「ああ。氷川左馬之介だ」

幸吉は見定めた。

氷川と辰次は、盛り場の出入口に向かった。

「追うよ……」

幸吉は、清吉を従えて氷川左馬之介たちの尾行を始めた。

氷川左馬之介たちは、盛り場を出て不忍池に向かった。

幸吉と清吉は尾行た。

松崎藩家来の相良源之助は、不忍池の畔の仁王門前町の料理屋『笹乃井』の暖簾を潜った。

「誰かと落ち合うつもりかな……」

和馬は、相良の入った料理屋『笹乃井』を見据えた。

「和馬の旦那、新八……」

由松は、下谷広小路の方を示した。

着流しに総髪の浪人と半纏を着た男がやって来た。

「あっ。氷川左馬之介と辰次です」

新八は、着流しに総髪の浪人と半纏を着た男を氷川左馬之介と辰次だと見定めた。

「で、幸吉の親分と清吉が追って来ます」

由松は報せた。

「ああ……」

和馬は頷いた。

氷川左馬之介と辰次は、料理屋『笹乃井』に入って行った。

和馬、由松、新八は見送った。

「和馬の旦那……」

幸吉と清吉は、和馬、由松、新八に気が付いて駆け寄って来た。

「旦那たちがいるって事は……」

幸吉は読んだ。

「ああ。相良源之助が来ている……」

和馬は、料理屋『笹乃井』を示した。

「じゃあ……」

「うむ。何を相談するのか……」

和馬は睨んだ。


相良源之助は、広間の隅で氷川左馬之介や辰次と向かい合っていた。

和馬は巻羽織を脱ぎ、由松や新八と相良たちの背後に座って酒と料理を頼んだ。

そして、幸吉と清吉は相良たちの隣に落ち着き、相良と氷川、辰次の話に聞耳を立てた。

「そうか、我慢も限界か……」

氷川は、冷ややかな笑みを浮べた。

「うむ。手討ちにしようとした下男に逃げられて以来、苛立ちが募られてな」

相良は苦笑した。

「最早、病だな……」

「ああ。特効薬は一つ。如何かな……」

相良は、氷川の様子を窺った。

「うむ。ま、かれこれ一月。熱《ほとぼり》も冷めた頃だろう」

氷川は笑った。

「ならば……」

相良は、微かな安堵を過ぎらせた。

「うむ。今夜、亥《い》の刻四つ（午後十時）、和泉橋の袂で……」

「心得た……」

相良は、狡猾な笑みを浮べた。

今夜亥の刻四つ、松崎藩藩主の甥水野直弥は、神田川に架かっている和泉橋の袂で辻斬りを働く……。

和馬と幸吉たちは、傍らで洩れ聞いた言葉の断片を纏めた。

和馬は、南町奉行所の久蔵に報せに走った。

幸吉は、清吉と料理屋『笹乃井』を出た氷川左馬之介と辰次を追った。

由松と新八は、相良源之助を尾行た。


「何、今夜亥の刻四つ、虚け者の直弥が和泉橋で辻斬りを働くだと……」

久蔵は眉をひそめた。

「はい、おそらく間違いありません」

和馬は頷いた。

「して、家来の相良源之助が浪人の氷川左馬之介と辰次に何かを頼んだか……」

「ええ。何を企んでいるのか……」

和馬は、厳しさを滲ませた。

「うむ。とにかく和馬、相良や氷川から眼を離すな」

久蔵は命じた。

「はい……」

和馬は頷いた。

「虚けの直弥、思い知らせてくれる……」

久蔵は、不敵に云い放った。

四

相良源之助は、三味線堀近くの松崎藩江戸下屋敷に真っ直ぐ帰った。

由松と新八は見届け、雲海坊のいる旗本屋敷の中間長屋の一室に戻った。

「おう、和馬の旦那は……」

雲海坊は尋ねた。

「今夜、辻斬りが現れそうでしてね。秋山さまにお報せに行かれましたぜ」

由松は報せた。

「ほう、辻斬り、今夜現れそうなのか……」

「ええ……」

「そいつは、面白そうだな……」

雲海坊は笑った。

浪人の氷川左馬之介と辰次は、仁王門前町の料理屋『笹乃井』を出てから明神下の通りを抜けて、神田川に架かっている筋違《すじかい》御門を渡った。

幸吉と清吉は、氷川と辰次を尾行た。

氷川と辰次は、神田八ツ小路を柳原《やなぎわら》通りに進んだ。

幸吉と清吉は追った。

神田川沿いの柳原通りは、連なる柳並木の緑の枝葉が吹き抜ける風に揺れた。

柳原通りには柳森稲荷がある。

柳森稲荷は神田川の河原にあり、鳥居の前の空地には古道具屋、古着屋、七味唐辛子売りなどの露店が並び、奥には葦簀張りの飲み屋があった。

氷川左馬之介と辰次は、露店の連なりの奥の葦簀張りの飲み屋に入った。

幸吉と清吉は、葦簀張りの飲み屋を窺った。

葦簀張りの飲み屋では、人足や博奕打ち、浪人たちが安酒を飲んでいた。

氷川と辰次は、安酒を買って浪人たちと飲み始めた。

「氷川と辰次、奴らに何の用があるんですかね……」

清吉は眉をひそめた。

「さあて、何を企んでいるのか……」

幸吉は、厳しい面持ちで氷川と辰次を見守った。


日が暮れた。

下谷広小路を行き交う人々は、家路への足取りを速めた。

上野元黒門町の研屋『剣堂』は、大戸を閉めて店仕舞いをした。

通いの奉公人たちは、裏口から帰り始めた。その中には老研師の喜作もいた。

勇次は追った。

喜作は、下谷広小路から山下を通り、入谷鬼子母神裏の自宅に急いだ。

勇次は、喜作が鬼子母神の前に差し掛かった時、声を掛けた。

喜作は振り向いた。

「喜作さん……」

勇次は、笑い掛けた。

「お前さんもしつこいな……」

「ええ。又罪のない人が辻斬りに殺されるのを食い止めるのが仕事ですから

「……」

「儂には拘わりない事だ……」

「でしたら、喜作さんが研いだ刃毀れが酷く血曇りのした刀が誰の物か教えて下さい」

「その刀の持ち主が辻斬りなのか……」

喜作は、老顔を強張らせた。

「ええ。ですから、吉兵衛の旦那が余計な事を喋るなと脅しで刺された」

「脅しで刺された……」

喜作は、白髪眉《しらが》を歪めた。

「ええ。そして、罪のない人を殺した辻斬りは捕まらず、又誰かを殺します。喜作さんはそれで良いんですか……」

「儂は只の研師だ……」

「そうです。ですが、此のままでは、一生懸命に働き、家族と幸せに暮らしている喜作さんと同じ只の人が又殺され、喜作さんは片棒を担いだ事になるんです。それで良いんですね……」

勇次は、喜作を見詰めた。

「相良源之助さまだ……」

「相良源之助……」

「ああ。あの刃毀れと血曇りの酷い相州五郎正宗《そうしゅうごろうまさむね》の銘刀は、松崎藩の相良源之助さまが持ち込まれた物だよ」

喜作は告げた。

「松崎藩の相良源之助……」

「尤《もっと》も相州五郎正宗の銘刀を使ったのは他の者だ。相良さまはあんな鈍な腕じゃあない」

喜作は、腹立たしげに云い残して踵を返した。

「喜作さん……」

勇次は、深々と頭を下げて見送り、来た道を猛然と走り出した。

燭台の火は瞬き、相州五郎正宗の刀身に映えた。

小肥りの若い武士は、笑みを浮べて燭台の火の映える刀身を見詰めた。

小さな丸い眼は大きく見開かれ、血走った笑みを浮べていた。

「直弥さま……」

襖《ふすま》の外に相良源之助の声がした。

「相良か、入るが良い……」

直弥と呼ばれた小肥りの若い武士は、刀身の輝きに見惚れたまま告げた。

相良が入って来た。

「お仕度の方は……」

相良は、直弥の握る抜き身を一瞥した。

相州五郎正宗の一刀は、鈍色に輝いていた。

鈍な虚けには勿体ない……。

相良は、思わず腹の内で呟いた。

「うむ。私も相州五郎正宗も仕度は出来ているぞ」

直弥は、楽しげに甲高い声を弾ませた。

「そうか。剣堂に刃毀れをし血曇りに汚れた刀を研ぎに出したのは、やはり松崎藩の相良源之助だったか……」

久蔵は頷いた。

「はい。ですが、研師の親方の喜作さんによれば、その相州五郎正宗の銘刀を使ったのは、相良ではなく鈍な腕の別人だと……」

勇次は告げた。

「殿さまの甥の虚けの直弥か……」

久蔵は苦笑した。

「きっと……」

勇次は頷いた。

「よし。勇次、出掛けるぞ」

久蔵は、不敵な笑みを浮べた。


亥の刻四つが近付いた。

松崎藩江戸下屋敷の表門脇の潜り戸が開いた。

相良源之助と頭巾を被った小肥りの武士が現れ、御徒町の通りに向かった。

斜向いの旗本屋敷から由松と新八が現れ、相良と頭巾を被った小肥りの武士を追った。

和馬と雲海坊が、旗本屋敷から出て来て由松と新八に続いた。

「頭巾を被った小肥りの武士が虚けの直弥ですね」

雲海坊は睨んだ。

「ああ。おそらくな……」

和馬は頷いた。

由松と新八は、相良と直弥を尾行た。

雲海坊と和馬は続いた。


亥の刻四つを告げる寺の鐘の音は、夜空に染みるように低く鳴り響いた。

柳森稲荷前の葦簀掛けの飲み屋は、相変わらず得体の知れぬ客が安酒を飲んでいた。

氷川左馬之介と辰次は、三人の食詰め浪人と一緒に葦簀張りの飲み屋から出て来て柳原通りに向かった。

幸吉と清吉が柳森稲荷の鳥居の陰から現れ、氷川と辰次、三人の浪人を追った。

柳原通りに行き交う人はいなく、揺れる柳並木の枝葉が月明かりに光っていた。

氷川左馬之介と辰次、三人の浪人は柳原通りを和泉橋に向かった。

幸吉と清吉は尾行た。

氷川は、三人の浪人に和泉橋の袂の柳並木の陰に潜むように命じた。そして、和泉橋に進んだ。

幸吉と清吉は見守った。

相良源之助と頭巾を被った直弥は、神田川の北岸から和泉橋に向かった。

由松と新八は尾行た。

そして、和馬と雲海坊が続いた。

相良と直弥は、和泉橋の北詰の袂の暗がりに佇んだ。

由松、新八、和馬、雲海坊は物陰から見守った。

和泉橋の南詰から氷川と辰次が現れ、北詰にいる相良と直弥に駆け寄った。そして、暗がりに潜み、和泉橋の南詰を見ながら何事か言葉を交わした。

和馬、雲海坊、由松、新八は見守った。

「どうやら、獲物が通るのを待つようだな」

和馬は読んだ。

「ええ。取り囲んで逃げ道を塞ぎ、直弥が襲うんですぜ」

由松は、怒りを滲ませた。

「きっとな……」

和馬は頷いた。

「汚い外道の遣り口ですね……」

新八は吐き棄てた。

「和泉橋の南詰には氷川と辰次を見張っている親分と清吉がいる筈ですよ」

雲海坊は告げた。

「うん。そうすると、こっちは六人、向こうは四人か……」

和馬は小さく笑った。

「ならば、拙僧が通ってみますか……」

雲海坊は、小さな笑みを浮べて饅頭笠を目深に被り直した。

「よし。奴らが動いたらこっちも直ぐに動く。充分に気を付けてな」

和馬は告げた。

「承知。じゃあ……」

雲海坊は、錫杖を握り締めて和泉橋に向かった。

和馬、由松、新八は、それぞれの得物を手にして身構えた。

雲海坊は、錫杖を突きながら和泉橋を渡り始めた。

和泉橋の北詰から氷川左馬之介と辰次、相良、直弥が現れて和泉橋を渡る雲海坊の背後を塞いだ。

雲海坊は気が付き、足取りを速めて和泉橋を渡り切ろうとした。

和泉橋の南詰から三人の浪人が現れ、雲海坊の行く手に立ち塞がった。

しまった……。

雲海坊は、三人の浪人が潜んでいたのに気が付いて焦りを浮べた。

直弥と相良は、氷川と辰次を従えて雲海坊に背後から迫った。

三人の浪人の背後には幸吉たちがいる……。

雲海坊は、錫杖を構えて行く手を塞ぐ三人の浪人に向かった。

三人の浪人は刀を抜いた。

次の瞬間、幸吉と清吉が現れ、三人の浪人に目潰しを投げた。

目潰しの粉が舞い上がり、三人の浪人は狼狽えて激しく刀を振り廻した。

雲海坊は躱し、跳び退いた。

直弥は、雲海坊に斬り掛かった。

斬られてたまるか……。

雲海坊は、錫杖で直弥の刀を打ち払った。

直弥は、踏鞴《たたら》を踏んで倒れ込んだ。

「直弥さま……」

相良は、慌てて倒れた直弥に駆け寄った。

和馬は、猛然と氷川に襲い掛かった。

由松は、鋭い爪の付いた角手を嵌めた手で辰次の腕を捕まえ、激しく殴り飛ばした。

清吉は、悲鳴をあげ倒れた辰次を蹴飛ばし、馬乗りになって捕り縄を打った。

三人の浪人は、幸吉と清吉に襲い掛かった。

幸吉と清吉は押し込まれた。

刹那、着流しの久蔵が現れ、鉄鞭《かなむち》を鋭く唸らせた。

三人の浪人は、久蔵の鉄鞭に打ち据えられて怯んだ。

「親分、清吉……」

勇次が幸吉と清吉に駆け寄った。

「ああ。秋山さま……」

「虚けの辻斬り、現れたようだな」

久蔵は、冷笑を浮べて鉄鞭を一振りした。

空《くう》を斬る音が鋭く鳴った。

「お、おのれ……」

三人の浪人は、久蔵に斬り掛かった。

久蔵は、鉄鞭を縦横に振るった。

三人の浪人は、次々と叩き伏せられた。

勇次と清吉は、叩き伏せられた三人の浪人を殴り蹴り、捕り縄を打った。

久蔵と幸吉は、和泉橋に進んだ。

和泉橋では、直弥、相良、氷川が和馬、雲海坊、由松、新八と対峙《たいじ》していた。

「やあ。松崎藩の水野直弥と近習の相良源之助、それに浪人の氷川左馬之介だな」

久蔵は、冷笑を浴びせた。

直弥は、血走った小さな眼を瞠《みは》り、相州五郎正宗を小刻みに震わせた。

「お前は……」

相良は、嗄れ声を引き攣らせた。

「俺か、俺は南町奉行所の秋山久蔵って者だ」

久蔵は告げた。

「あ、秋山久蔵……」

氷川は怯んだ。

「ああ。氷川、お前とそこの相良が鈍で虚けの直弥を辻斬りに仕立て、罪なき者を殺したのは露見している。神妙にするんだな」

久蔵は、氷川と相良を厳しく見据えた。

次の瞬間、氷川は背後の和馬、雲海坊、由松、新八に猛然と斬り掛かって逃げようとした。

雲海坊は、錫杖で氷川の足を打ち払った。

氷川は、激しくよろめいた。

和馬が飛び掛かり、十手で氷川の刀を叩き落し、殴り飛ばした。

由松と新八は、倒れた氷川に襲い掛かって容赦なく殴り蹴った。

情けは大怪我の元だ……。

新八は、駆け付けた勇次や清吉と氷川に捕り縄を打った。

「さあて、相良源之助、松崎藩家臣として此の始末、どう付けるかな」

久蔵は笑い掛けた。

「黙れ……」

相良は、久蔵に抜き打ちの一刀を放った。

刹那、久蔵は踏み込み態《ざま》に刀を閃《ひらめ》かせた。

閃光《せんこう》が交錯した。

和馬、幸吉、雲海坊、由松、勇次、新八、清吉は眼を瞠り、息を飲んだ。

相良は腹から血を流し、醜く顔を歪めて斃《たお》れた。

久蔵は、残心の構えを解いた。

直弥は、悲鳴をあげて逃げようとした。

和馬は、直弥を突き飛ばした。

直弥は、無様に倒れた。

勇次は、倒れた直弥を押さえ付けて相州五郎正宗を取り上げた。

直弥は、子供のように泣き出した。

「お前は何者だ……」

久蔵は、直弥を鋭く見据えた。

「無礼者。私は松崎藩藩主水野忠直が一族の直弥だ。町奉行所の縄を受ける謂《いわ》れはない」

直弥は、泣き声を震わせた。

「黙れ……」

久蔵は一喝した。

直弥は息を飲んだ。

「大名家の者が辻斬りなど非道な所業をする筈はない。遠慮は無用。此の大名家の名を騙る虚けの外道に縄を打て」

久蔵は命じた。

新八と清吉は、泣き喚く直弥を厳しく押さえて捕り縄を打った。

直弥は、醜く泣き喚き続けた。

久蔵は苦笑した。

研屋『剣堂』吉兵衛は、研ぎに持ち込まれた相州五郎正宗の酷い刃毀れと血曇りを見て和泉橋の辻斬りが誰か気付いた。そして、口封じの脅しとして、氷川左馬之介に刺されたのだ。

久蔵は、吉兵衛が辻斬りが誰か気が付きながら証言を拒んだのを咎め、呵責の刑に処した。

松崎藩藩主水野忠直は激怒した。
そして、甥である直弥を水野一族から勘当放逐《かんどうほうちく》した。
直弥は、一介の浪人になった。
今更、手遅れだ……。
久蔵は苦笑した。
罪は、直弥に好き勝手な真似をさせていた伯父である水野忠直にもあるのだ。
久蔵は、大目付に報せて評定所に持ち込んだ。
水野忠直は、家中取締不行届として蟄居《ちっきょ》の上、隠居を命じられた。
久蔵は、浪人の水野直弥と氷川左馬之介を死罪に処した。
直弥は、切腹を許されず土壇場に引き据えられ、泣き喚きながら首を打たれた。
何処迄も醜く惨めな虚け者……。
久蔵は呆れた。
そして、遊び人の辰次と三人の浪人を遠島の刑に処した。
研屋『剣堂』主吉兵衛襲撃事件は、和泉橋辻斬り事件を落着させて終わった。
久蔵は、和馬と柳橋の幸吉、雲海坊、由松、勇次、新八、清吉たちを労った。

第四話

目利き

一

隅田川には様々な船が行き交い、向島の土手道に続く桜並木の葉は風に揺れていた。
猪牙舟は、隅田川を遡《さかのぼ》って来て向島の船着場に船縁《ふなべり》を着けた。
岡っ引の柳橋の幸吉は、身軽に猪牙舟を下りて土手道に上がった。
船頭でもある下っ引の勇次は、猪牙舟を手早く舫《もや》って幸吉に続いた。
向島の土手道に上がると桜餅で名高い長命寺があり、横手に小川が流れている。
幸吉と勇次は、小川沿いの田舎道を進んで長命寺の裏にある背の高い生垣に囲まれた家を訪れた。

家は、元岡っ引の柳橋の弥平次と女房おまきの隠居所だ。

「あっ。親分さんに勇次さん……」

下女のおたまは、笑顔で迎えた。

「御隠居はおいでかい……」

「はい。どうぞ……」

おたまは、幸吉と勇次を隠居の弥平次の許に誘った。

「はい。どうぞ、お茶ですよ」

おまきは、幸吉と勇次に茶を差し出した。

「此奴は畏れ入ります。戴きます」

幸吉と勇次は、おまきの淹れてくれた茶を飲んだ。

「そうかい。お糸《いと》も平次《へいじ》も変わりはないかい」

おまきは眼を細めた。

「はい。お陰さまで達者にしております。女将さんもお変わりなく、何よりです」

「ありがとうねえ……」

　おまきは微笑んだ。

「なあに。こっちは歳の所為《せい》で眼は霞むし足腰は弱ってな。毎日、市中見廻りで江戸を歩き廻っていたのが、嘘のようだぜ」

　弥平次は、煙管を燻らせながら苦笑した。

「ほんと。ちょいと動き廻ると、もう足が痛いの、腰が痛いのと。毎晩、おたまに揉んで貰っているんだよ」

　おまきは笑った。

「へえ、柳橋の弥平次親分が……」

　勇次は驚いた。

「勇次、今はもう只の隠居の年寄りだ」

　弥平次は笑った。

「はい……」

「で、幸吉、わざわざ来て貰ったのは他でもない。此の先にある弘西寺《こうさいじ》って寺の御本尊の観音さまが盗まれてね」

　弥平次は、幸吉に繋ぎを取った訳を話し始めた。

「御本尊の観音さまが……」

幸吉は眉をひそめた。

「ああ。一尺程の古い木像でな。折紙や箱書はないが、運慶《うんけい》が作ったって噂がある そうだ」

弥平次は告げた。

「運慶が彫ったと噂の観音さまですか……」

「ああ……」

「それにしても、御本尊を盗むなんて罰当たりな奴ですね」

勇次は呆れた。

「それで、御住職たち、盗んだ者に心当りはないのですか……」

幸吉は尋ねた。

「そいつが、前の日の夜、旅の雲水《うんすい》を泊めたそうでな。翌朝、早立ちした後、御本尊がなくなっているのに気が付いたそうだ」

「じゃあ、その旅の雲水が……」

「ああ。おそらく偽坊主だ」

勇次は睨んだ。

幸吉は読んだ。

「偽坊主……」

「うん。旅の雲水に化けて寺に泊めて貰い、目ぼしいお宝を奪う盗っ人だろう」

幸吉は睨んだ。

「で、その雲水の人相と歳の頃を尋ねたのだが、六十前後の痩せた小柄な男だそうだ……」

弥平次は、煙草盆に煙管の灰を落した。

「まさか……」

幸吉は眉をひそめた。

「ああ。一人働きの盗っ人、念仏《ねんぶつ》の宗平《そうへい》かもな……」

弥平次は苦笑した。

「ですが御隠居、念仏の宗平は八年前、押込み先で用心棒に斬られ、大川に落ちて死んだんじゃあ……」

幸吉は、弥平次を見詰めた。

「ああ。秋山さまと和馬の旦那、俺も念仏の宗平は死んで大川から江戸湊に流されたと思っていたが、違ったのかもしれない」

弥平次は、雁首に煙草を詰めて煙草盆の火種で火を付け、煙を吐いた。

「で、その宗平が八年振りに現れ、弘西寺の御本尊の観音さまを盗みましたか……」

幸吉は読んだ。

「そして、何かをしようとしているかもしれない……」

弥平次は睨んだ。

「分かりました。秋山さまと和馬の旦那に御報せしますぜ」

幸吉は頷いた。

「うん。それで幸吉、お糸に暇が出来たら平次を連れて遊びにおいでと、伝えてくれ」

弥平次は、真顔で告げた。

「分かりました。伝えますよ。お義父っつあん……」

幸吉は苦笑した。

風が吹き抜け、弥平次の鬢《びん》の白い解《ほつ》れ髪が揺れた。

非番の南町奉行所は表門を閉じ、人々は横の潜り戸から出入りしていた。

「念仏の宗平……」

久蔵は眉をひそめた。

「はい。向島の寺から御本尊の観音さまを盗んだと思われる旅の雲水がいましてね。その雲水の人相風体、どうも念仏の宗平らしいと、向島の隠居が報せて来ました……」

幸吉は告げた。

「そうか。念仏の宗平、生きていたか……」

久蔵は、小さな笑みを浮べた。

「ええ。人相風体、坊主に化けて押込み先に入り込んで盗みを働く手口、隠居は間違いないだろうと……」

「ま、御隠居がそう睨んだのなら間違いないだろう」

「畏れ入ります……」

幸吉は、僅かに頭を下げた。

「八年前、押込み先で斬られて大川に落ちて以来、噂も聞かなかったので、てっきり江戸湊に沈んだと思っていたのですがね」

和馬は、吐息を洩らした。

「うむ。して柳橋の、御隠居は念仏の宗平が寺から盗んだ観音像で何かを企んでいると睨んでいるのだな」

「はい。その観音さま、運慶が彫ったと噂のある仏像だそうです」

久蔵は尋ねた。

幸吉は眉をひそめた。

「運慶が彫ったと噂の観音像となると、いろいろと使い道はあるのだろうな」

久蔵は読んだ。

「きっと……」

幸吉は頷いた。

「よし。ならば和馬、柳橋の、先ずは裏渡世の者共に探りを入れ、盗っ人念仏の宗平の噂を集めるのだな」

久蔵は命じた。


両国広小路、下谷広小路、浅草広小路……。

江戸の盛り場は幾つもある。

幸吉と清吉、勇次と新八、そして雲海坊と由松は盛り場に屯《たむろ》する裏渡世の者たちの間に盗っ人念仏の宗平の噂を探した。だが、八年前に死んだと思われている念仏の宗平の噂は、容易に摑めなかった。
幸吉と清吉は両国広小路、勇次と新八は下谷広小路、雲海坊と由松は浅草広小路の裏渡世の者に粘り強く聞き込みを掛けた。

浅草広小路は、隅田川に架かっている吾妻橋に続いている。
雲海坊は、吾妻橋の袂に佇んで托鉢をしている背の高い雲水に気が付いた。
下手な経だ……。
雲海坊は苦笑し、吾妻橋の袂で托鉢をしている雲水を偽坊主だと睨んだ。
偽坊主なら念仏の宗平の噂を聞いているかもしれない……。
雲海坊は、吾妻橋の袂の雲水に近付いた。
托鉢をしていた雲水は、雲海坊に気が付いて経を読む声に戸惑いを滲ませた。
「やあ……」
雲海坊は、饅頭笠を上げて笑って見せた。
「お前さん……」
雲水は、経を読むのを止めて雲海坊に探る眼を向けた。

「経はもう少し稽古をした方がいいな」

「じゃあ……」

「ああ。同業の商売敵だ」

雲海坊は苦笑した。

「そうですかい……」

雲水は、安堵を過ぎらせた。

「此の稼業を始めて二、三年かな……」

雲海坊は睨んだ。

「ええ。兄いは……」

雲水は、雲海坊の老練さに気が付いた。

「餓鬼の頃に口減らしで放り込まれた寺を逃げ出して以来、ずっとだ」

雲海坊は笑った。

「そいつは凄い、筋金入りですね」

雲水は感心した。

「まあな。処でやはり同業の念仏の宗平って父っつあんを知らないか……」

「念仏の宗平って父っつあんですか……」

「ああ。小柄な年寄りだ」

「さあ、名前迄は知りませんが、近頃、小柄な年寄りの坊主が托鉢をして歩いているのを良く見掛けますぜ」

「どの辺で見掛けたのかな……」

「諏訪町《すわちよう》から駒形町《こまがたちよう》、材木町《ざいもくちよう》辺りですか……」

雲水は告げた。

「諏訪町から駒形町、材木町……」

「はい……」

「そうか。拙僧は雲海坊。御坊、名は何と申されるのかな……」

雲海坊は、僧侶の固い口調に変えた。

「は、はい。拙僧は空海《くうかい》と申します」

「何、空海とな……」

雲海坊は眉をひそめた。

「はい。空と海の空海です」

「それは拙い。空海は弘法大師、御大師さまのお名前だ」

「えっ。御大師さまの……」

雲水は驚いた。

「うむ。知る人が聞けば、偽坊主だと直ぐ知れる。此からは海空とでも名乗るのだな」

雲海坊は笑い、浅草材木町に向かった。

「海空か……」

背の高い雲水は、材木町に行く雲海坊に手を合わせて頭を下げた。

下谷広小路は賑わっていた。

勇次と新八は、茶店で茶を飲むお店の旦那の手提袋を置引きした盗っ人を捕らえた。そして、手提袋をお店の旦那に返し、盗っ人を不忍池の畔に引き立てた。

「手前、名前は何て云うんだ……」

勇次は、盗っ人に十手を突き付けた。

「伝助《でんすけ》……」

盗っ人は、不貞不貞《ふてぶて》しく名乗った。

「野郎……」

新八は、いきなり伝助と名乗った盗っ人を張り飛ばした。

伝助は驚き、倒れた。

新八は、倒れた伝助の胸倉を鷲摑みにして引き摺り起こした。

「伝助、嘗《な》めた真似をすると、いろいろ罪を擦り付けて、大番屋で石を抱かせて
やっても良いんだぜ……」

新八は、伝助を厳しく睨み付けた。

「す、すみません。それだけは……」

伝助は、怯えを滲ませた。

「じゃあ伝助。近頃、一人働きの盗っ人念仏の宗平の噂を聞かないかな……」

勇次は訊いた。

「念仏の宗平さんなら、生きていたって噂を聞きました……」

伝助は、宗平の噂を聞いていた。

「宗平が生きていたって噂か……」

「はい……」

「他には……」

勇次は、伝助を促した。

「はい。昔のように雲水の形《なり》をして何かを企んでいるようだと。あっしの聞いた噂はそれぐらいです」

伝助は、声を震わせた。

「本当か……」

「はい。本当です……」

伝助は、必死の面持ちで頷いた。

「良いか、伝助。もし、嘘偽りを云って俺たちを誤魔化したなら、こそ泥の伝助は、町奉行所の同心の旦那の犬だと、裏渡世の連中に言い触らす。良いな……」

新八は脅した。

役人の犬だと言い触らされたら、裏渡世の者に相手にされなくなり、いつかは闇に葬られる。

「そ、そんな。勘弁して下さい」

伝助は焦り、必死に訴えた。

嘘偽りはないようだ……。

勇次と新八は見定めた。

由松は、浅草聖天町《しょうでんちょう》の骨董品屋『孔雀堂《くじゃくどう》』を訪れた。

骨董品屋『孔雀堂』は、狭い店内に仏像や置物、壺や茶碗、絵や軸などの様々な骨董品を所狭しと置いていた。

亭主の五郎八《ごろうはち》は目利きでもあり、高価な骨董品を安く買い叩く狡猾な初老の男だった。

「へえ。運慶が彫ったと云われる観音さまですか……」

「うん。一尺程の高さの仏像でな。持ち込んで来た奴はいないかい……」

由松は尋ねた。

「由松の兄い。うちは故買屋《こばいや》じゃやない。盗品の観音さまを持ち込んだ奴なんていないよ」

五郎八は苦笑した。

「そうかな……」

由松は、五郎八を見据えた。

「ああ……」

五郎八は、由松から視線を逸らした。

「じゃあ訊くが、名のある仏師の彫った観音さまを欲しがっている者を知らないか……」


由松は、念仏の宗平が弘西寺の御本尊の観音像が高値で売れると知って盗んだのかもしれないと読んだ。

「それなら、駒形町の薬種問屋大黒堂《だいこくどう》の御隠居の楽翁《らくおう》さまが欲しがっていたよ」

五郎八は告げた。

「大黒堂の隠居の楽翁……」

由松は眉をひそめた。


浅草駒形町は、神田川に架かっている浅草御門と浅草広小路を結んでいる蔵前通り沿いにあり、駒形堂を囲んでいた。

由松は、駒形堂の前に佇んで駒形の町を見廻した。

蔵前の通りを来る托鉢坊主がいた。

雲海坊の兄貴……。

由松は、托鉢坊主の身体付きや歩き方から雲海坊だと気が付いた。

雲海坊は、通りの両側に何かを探しながらやって来ていた。

由松は、やって来る雲海坊の前を通り、それとなく駒形堂の裏に誘った。

駒形堂の裏手には大川が流れていた。

由松と雲海坊は、堀端に並んで佇んで大川の流れを眺めた。

「何か分かりましたかい……」

「うん。吾妻橋の袂で同業者が托鉢をしていてな。近頃、小柄な年寄りの雲水が諏訪町から駒形町、材木町辺りを托鉢して歩いていると聞いてね」

雲海坊は告げた。

「そうでしたか……」

「由松、お前は……」

「聖天町の骨董品屋孔雀堂の五郎八から、駒形町の薬種問屋大黒堂の隠居が名のある仏師の彫った観音さまを欲しがっていると聞きましてね」

「ひょっとしたら、念仏の宗平が売り込みに来るかもしれないか……」

雲海坊は読んだ。

「ええ……」

由松は頷いた。

「で……」

雲海坊は、話の先を促した。

「此からです」

「そうか。大黒堂の隠居、どんな奴だい」

「そいつもこれからですが、隠居、楽翁なんて名乗り、かなりの粋人《すいじん》らしいですぜ」

「よし。宗平が現れるのを見張りながら、隠居の楽翁、ちょいと調べてみるか……」

雲海坊は笑った。

二

両国広小路は、多くの見世物小屋や露店があるのに加え、本所深川に続く両国橋があって大勢の人で賑わっていた。

幸吉と清吉は、念仏の宗平らしい雲水の噂と足取りを探し続けていた。だが、宗平の噂と足取りは、容易に見付からなかった。

盗賊念仏の宗平は何を企んでいるのか……。

そして、八年前に斬られて大川に落ちて以来、何処で何をしていたのか……。

幸吉は、想いを巡らせた。

八年前、幸吉は親分の柳橋の弥平次や和馬と大川沿いを虱潰《しらみつぶ》しに調べた。だが、傷付いた宗平や死体は見付からなかったのだ。

「それで、江戸湊に流されて沈んじまったと思ったのだが……」

幸吉は眉をひそめた。

「大川沿いにいなかったのなら、偶々行き逢った船の船頭にでも助けられ、本所竪川や深川小名木川の奥にでも連れて行かれたのかもしれませんね」

清吉は読んだ。

「八年前もそう思って調べたんだが、本所や深川の奥迄は調べきれなかったのかもな……」

幸吉は、微かな悔いを過ぎらせた。

「そうですか……」

「よし。清吉、俺の睨みじゃあ、竪川より小名木川だ。小名木川の横川から先、深川の埋立地や猿江《さるえ》から亀戸《かめいど》辺りの町医者に、八年前に深手を負った坊主が担ぎ込まれなかったか、聞き込んでみるんだ」

幸吉は命じた。

「合点です。じゃあ……」

「うん。気を付けてな……」

幸吉は、両国広小路の雑踏を両国橋に向かう清吉を見送った。


湯島天神は下谷広小路に近い。

勇次と新八は、湯島天神の境内を仕事場にしているこそ泥伝助の仲間の梅次《うめじ》を探した。

伝助に聞いた人相の男は、物陰から本殿に手を合わせている商家の旦那やお内儀を値踏みしていた。

「勇次の兄貴……」

新八は眉をひそめた。

「ああ。こそ泥伝助の仲間の梅次だ」

勇次は頷き、こそ泥の梅次に近付いた。

「やあ、梅次……」

勇次と新八は、梅次を間に挟み、腰の帯を摑んで笑い掛けた。

「な、何だ。手前ら……」

梅次は怯み、声を引き攣らせた。

「梅次、お前、此の界隈で近頃、小柄な年寄りの雲水を見掛けないかな」

勇次は、梅次に懐の十手を見せた。

「こ、小柄な年寄りの雲水ですかい……」

梅次は驚き、緊張に声を震わせた。

「ああ、見掛けないか……」

勇次は訊いた。

「知っていて惚けたり、嘘を吐いたら只じゃあすまねえぜ」

新八は、懐の萬力鎖《まんりきぐさり》を鳴らした。

「冗談じゃありません。小柄な年寄りの雲水なら、近頃、見掛けましたよ」

梅次は告げた。

「見掛けた……」

新八は驚いた。

「ええ。小柄な年寄りの雲水……」

梅次は頷いた。

「何処で見掛けた……」

「何処って、此の先の宝靈寺《ほうれいじ》って寺に入って行くのを見掛けましたよ」

「宝靈寺って寺か……」

勇次は眉をひそめた。

「ええ。雲水ですから……」

梅次は、眉をひそめる勇次に戸惑った。

「勇次の兄貴……」

「ああ。念仏の宗平、正体は盗っ人だが、世間が見れば只の坊主、雲水だ。寺に出入りするのは当たり前だな」

坊主が隠れるのは寺が一番だ……。

勇次は、自分たちが盗っ人の偽坊主に拘《こだわ》り過ぎていたのに気が付いた。

「ええ。宝靈寺に行ってみましょう」

新八は、勇次を促して湯島天神門前町の向こうにある宝靈寺に急いだ。

駒形町の薬種問屋『大黒堂』は繁盛していた。

雲海坊と由松は、『大黒堂』隠居の楽翁がどのような者か調べた。

薬種問屋『大黒堂』隠居の楽翁は、目利きを気取った好事家《こうずか》だった。

「で、中々、狡猾な遣り手だそうですぜ」

由松は苦笑した。

「へえ。狡猾な遣り手ねえ……」

「ええ。ひょっとしたらと持ち込まれた名のある骨董品を、残念ながら贋作《がんさく》だと目利きし、格安で買い取り、後で本物だったと云ったりするそうですぜ」

「そいつは、酷い遣り口だな」

「ええ。ですから恨んだり、憎んだりしている者もいる……」

「そりゃあそうだろうな」

雲海坊は頷いた。

「雲海坊の兄貴、念仏の宗平、その辺りに拘りがあるのかもしれませんね」

由松は読んだ。

「ああ……」

雲海坊は、客の出入りしている薬種問屋『大黒堂』を眺めた。

深川小名木川は、大川から深川の埋立地を抜けて荒川に続いている。

清吉は、小名木川沿いを進み、横川と交差する処に架かっている新高橋の上に佇み、東に連なる大名家江戸下屋敷や深川の埋立地と猿江、亀戸の地を眺めた。

先ずは猿江町だ……。

清吉は、猿江町の自身番で町内の町医者の家を尋ねる事にした。


宝霊寺は、湯島天神門前町の隣町にあった。

勇次と新八は、宝霊寺を訪れて寺男に聞き込みを掛けた。

「小柄な年寄りの雲水ですか……」

寺男は、勇次を見詰めた。

「ええ。此方で見掛けたと聞きましてね」

勇次は訊いた。

「小柄の年寄りの雲水となると、宗念《そうねん》さんだと思いますが……」

「宗念さん……」

「勇次の兄貴……」

新八は、厳しさを滲ませた。

「うん。で、宗念さんとは……」

勇次は訊いた。

「下総は関宿《せきやど》から来たお坊さまでしてね。近頃、当寺にお見えになった小柄な年寄りの雲水は、宗念さんしかおりませんので、うん」

寺男は、己の言葉に頷いた。

「それで、その宗念さんは……」

「もう、いませんよ」

「いない……」

勇次は眉をひそめた。

「はい。二日程、江戸で托鉢をして出て行かれましたよ」

「出て行った……」

「はい……」

「で、何処に行ったのか分かりますか……」

新八は尋ねた。

「さあ……」

寺男は首を捻った。

「分かりませんかい……」

「ええ。何処に行くとは云っていませんでしたから……」

「そうですか……」

新八は肩を落した。

「じゃあ、宗念さん、此処にいた二日間、どの辺りを托鉢していたかは……」

「別に訊いちゃあいません……」

「そうですか……」

「でも、そう云えば、托鉢から帰って来た後、手足を洗いながら浅草迄は遠い。年寄りにはきついとぼやいていましたよ」

寺男は思い出した。

「じゃあ、浅草に托鉢に行っていたのかもしれませんね」

新八は読んだ。

「うん。此処から浅草に行くのが、きついとなると……」

「此処を出て浅草の寺に行ったのかも……」

新八は睨んだ。

「よし。行ってみるか……」

勇次は、寺男に礼を云って浅草に向かった。

新八は続いた。


小名木川には、荷船の櫓の軋みが甲高く響いていた。

八年前、刀で斬られた坊主の手当てをしなかったか……。

清吉は、猿江町の町医者たちに聞き込みを掛けながら東に進んだ。

だが、八年前に深手を負った坊主を手当てした町医者は容易に見付からなかった。

清吉は、横十間川に出た。

横十間川は、小名木川と本所竪川を南北に貫いている。

清吉は、猿江町から大島町に進んだ。そして、大島町の自身番に町医者の家を訊いた。

大島町に町医者は五人いた。だが、八年前から開業していた町医者は二人しかいなかった。

清吉は、二人の町医者の家に急いだ。

夕陽は小名木川に映え、流れに揺れた。

柳橋の船宿『笹舟』は、夜風に暖簾を揺らしていた。

幸吉は、雲海坊、由松、勇次、新八、清吉からの報せを受けた。

「そうか。念仏の宗平、浅草辺りの寺に潜んでいるか……」

「はい。おそらく間違いないと思われます」

勇次と新八は頷いた。

「それで、ひょっとしたら浅草は駒形町の薬種問屋大黒堂の隠居、楽翁の処に現れるかもしれないのだな……」

「ええ。隠居の楽翁、目利きを気取る好事家でしてね。名のある仏像を探していると……」

由松は告げた。

「で、念仏の宗平、浅草は駒形町辺りを托鉢で彷徨《うろつ》いていましてね。狙いは楽翁かもしれません」

雲海坊は読んだ。

「そうか。どっちも浅草だな……」

幸吉は、小さく笑った。

「ええ……」

雲海坊、由松、勇次、新八は頷いた。

「よし、引き続き頼む」

「はい……」

雲海坊、由松、勇次、新八は頷いた。

「で、清吉、八年前の宗平の足取り、何か分かったか……」

「それなんですが、猿江町と大島町の町医者で八年前に深手を負った坊主の手当てをした者はいませんでしてね。明日は州崎村や亀戸村の医者を訪ねてみようと思っています」

清吉は告げた。

「そうか。ま、今夜は一杯遣って休んで、明日も宜しく頼んだぜ」

幸吉は、雲海坊、由松、勇次、新八、清吉に酒と料理を振る舞った。

浅草新寺町には寺が連なり、朝の勤行《ごんぎょう》の読経に満ちていた。

勇次と新八は、連なる寺に旅の雲水に化けた念仏の宗平が草鞋を脱いでいないか尋ね歩いた。

念仏の宗平は、容易に見付からなかった。

勇次と新八は、聞き込みを続けた。


蔵前の通りは多くの人が行き交っていた。

雲海坊と由松は、薬種問屋『大黒堂』を見張った。

薬種問屋『大黒堂』には、念仏の宗平は勿論、雲水が訪れる事はなかった。

雲海坊と由松は、見張り続けた。


深川の田畑の緑は、微風に揺れていた。

清吉は、亀戸村に住む年老いた町医者を訪ねた。

「八年前に刀で斬られて深手を負った坊主……」

老町医者は眉をひそめた。

「はい。船頭に担ぎ込まれて来て、手当てをした覚えはありませんか……」

清吉は尋ねた。

「さあて、八年前に深手を負った坊主をねえ」

「はい……」

「ちょいと待ちなさい」

老町医者は、診察室の棚に積んである書物を選び出し、埃を払った。

「ああ。此だ。気になる患者の覚書でな。此は八年前の物だ。刀で斬られて深手を負った坊主ならおそらく覚書に書いてある筈だ……」

老町医者は、覚書の丁を捲った。

「そうですか……」

清吉は、喉を鳴らして老町医者の丁を捲る指が止まるのを待った。

「おお、此だな……」

老町医者は、丁を捲る指を止めた。

「ありましたか……」

清吉は、声を弾ませた。

「うむ。旅の雲水が背中を袈裟《けさ》懸《が》けに斬られ、大川に落ちて死に掛けていたのを、亀戸村の大百姓の市次郎《いちじろう》さんが舟で通り掛かって助け、儂の処に運んで来ているな」

念仏の宗平に間違いない……。

清吉は、漸く突き止めた。

「で、先生がその坊主の深手の手当てをして命を助けたんですね」

「うむ。危ない命だったのだが、運が強いと云うか、辛うじて助かったよ」

老町医者は、思い出すように告げた。

「それで、助かった坊主は……」

「うん。市次郎さんの屋敷に引き取られてな。傷が治ってからは、市次郎さんの屋敷の下男として働いているよ」

老町医者は告げた。

「そうですか。で、大百姓の市次郎さんの御屋敷は何処ですか……」

清吉は訊いた。

「屋敷は羅漢寺《らかんじ》の傍だが、旦那の市次郎さんは今年の春、卒中で倒れて亡くなったよ」

「亡くなられた……」

「ああ。江戸に用があって出掛けて、料理屋で倒れたそうだ」

「江戸で倒れた……」

念仏の宗平を助けた亀戸村の大百姓の市次郎は、今年の春に江戸に行き、料理屋で卒中で倒れ、亀戸に戻って亡くなっていた。

清吉は眉をひそめた。

雲海坊と由松は、薬種問屋『大黒堂』を見張っていた。

薬種問屋『大黒堂』の小僧が、町駕籠《かご》を呼んで来た。

「誰か出掛けるようだな」

雲海坊は見詰めた。

「町駕籠で出掛けるとなると、旦那か隠居の楽翁か……」

由松は読んだ。

薬種問屋『大黒堂』から十徳姿の肥った老人が番頭や手代たちに見送られて出て来た。

「雲海坊の兄貴……」

「ああ。隠居の楽翁だな……」

「ええ……」

雲海坊と由松は、十徳姿の肥った老人を隠居の楽翁だと睨んだ。

隠居の楽翁は町駕籠に乗り、手代をお供に三間町の通りを下谷に向かった。

「じゃあ……」

「うん……」

雲海坊と由松は、楽翁の乗った町駕籠とお供の手代の尾行を開始した。

東本願寺は浅草寺の西にある。

勇次と新八は、新寺町の通りの左右に連なる寺に念仏の宗平らしい旅の雲水を探した。

だが、念仏の宗平らしき旅の雲水は、新寺町に連なる寺に草鞋を脱いでいる様子はなかった。

勇次と新八は、東本願寺門前の茶店で一休みをした。

「こうなると、隅田川沿いの今戸や橋場の寺町ですかね」

新八は読んだ。

「うん。茶を飲んだら行ってみるか……」

勇次は茶を飲み干し、新八と共に隅田川沿いの今戸町や橋場町の寺町に向かった。

三

亀戸村の大百姓の市次郎の屋敷は、雑木林を背にして三方を緑の田畑に囲まれていた。

屋敷には奉公人の暮らす長屋があり、下男や小作人たち奉公人が忙しく働いていた。

奉公人の中に、念仏の宗平がいるのかもしれない……。

だが、宗平を訪ねて行く訳にはいかない。

清吉は、物陰から宗平らしき男を捜した。

宗平らしい小柄な老下男は、大百姓の屋敷には見当たらなかった。

「清吉……」

幸吉が、足早にやって来た。

「親分……」

「御苦労だったな……」

幸吉は、清吉から報せを貰って直ぐにやって来た。

「いえ。ひょっとしたら、この大百姓の屋敷の奉公人に念仏の宗平がいるかもしれないので、親分に見定めて貰おうと思いまして……」

「うむ……」

幸吉は、屋敷で働いている下男や小作人を眺めた。

「どうですか……」

「見える限りの奉公人に念仏の宗平らしい年寄りはいないな……」

幸吉は見定めた。

「そうですか……」

「うん。よし、仔細を話してみな……」

「はい……」

清吉は、亀戸村の老町医者から聞いた話を幸吉に伝えた。

「で、今年の春、大百姓の市次郎さんは江戸で卒中で倒れ、亀戸で死んだのか……」

「はい。その後、下男奉公していた宗平がどうしているかは、お医者も分からないそうでして……」

清吉は告げた。

「よし。亡くなった市次郎さんの後を継いだ旦那にあってみよう」

幸吉は決めた。

大百姓の市次郎の家は、倅の市造《いちぞう》が継いでいた。

幸吉と清吉は、座敷に通されて市造にあった。

「下男の宗平ですか……」

「はい。今も御屋敷に奉公しているんですかい……」

「いえ。宗平は父が亡くなった後、暇を取りましてね。今、此処にはおりません」

市造は告げた。

「やっぱり……」

幸吉は頷いた。

「ええ。宗平は八年前に父に命を助けられて以来、その恩義に報いようと。父の為にそりゃあもう一生懸命に働いてくれましてねえ」

市造は、感心した面持ちで告げた。

「それで、市次郎さんが亡くなられ、辞めて行きましたか……」

「はい。江戸で卒中で倒れて亀戸に戻って来た寝たっきりの父を死ぬ迄、看病してくれていましてね」

「看病ですか……」

「ええ。父は母を疾《と》うの昔に亡くしていましたので……」

「宗平が看病していた頃、市次郎さん、言葉は喋れたのですか……」

「いえ。もう殆《ほとん》ど駄目でした……」

「そうですか。で、宗平は市次郎さんが亡くなり、弔いが終わって出て行きましたか……」

「ええ。長い間、御世話になったと礼状を残して、いつの間にか姿を消していました」

「いつの間にか……」

「ええ。柳橋の親分さん、宗平、何かしたのですか……」

「いえ。八年前に斬られて大川に落ちて死んだと思われていた宗平に良く似た男を見掛けた者がいましてね。それで、ちょいと……」

「そうでしたか……」

「処で旦那。市次郎の旦那は、何しに江戸に行かれたんですか……」

「父は好事家と迄はいきませんが、骨董品が好きでしてね。畑の隅から出た唐金《からかね》の小さな観音さまの目利きをして貰いに……」

「目利き、何処の誰ですかい……」

目利きは、薬種問屋『大黒堂』隠居の楽翁かもしれない。

幸吉は、厳しい面持ちになった。

「さあ。そこ迄は聞いちゃありません……」

市造は首を捻った。

「で、その唐金の小さな観音さまは……」

「それが、卒中で倒れて江戸から戻って来た時には、持っていませんでした」

市造は眉をひそめた。

「そうですか……」

幸吉は頷いた。

幸吉は、田舎道を進み、大百姓市造の屋敷を振り返った。

念仏の宗平は、八年の間、盗賊から足を洗い、命の恩人の市次郎に下男として忠義を尽くして働いていたのだ。

幸吉は、念仏の宗平の空白の八年間を知った。

そして、宗平は市次郎が死んだ後、旅の雲水に化けて向島の寺から観音像を盗んだ。

宗平が盗賊に戻ったのは、恩人の市次郎の死に拘りがあるのかもしれない。

幸吉は読んだ。

「親分、宗平、此処に戻って来ますかね」

清吉は、大百姓の屋敷を眺めた。

「いや。戻っちゃあ来ないだろう」

「やっぱり。それから親分、市次郎さんが江戸で逢った目利きってのは、雲海坊さんや由松さんが見張っている薬種問屋大黒堂の隠居じゃありませんか……」

清吉は睨んだ。

「ああ。きっとな……」

幸吉は、清吉の睨みに頷いた。

亀戸村の田畑の緑は、微風に揺れて煌めいていた。

不忍池は水鳥が遊び、水飛沫《みずしぶき》が煌めいていた。

薬種問屋『大黒堂』隠居の楽翁は、町駕籠に乗って駒形町の店を出てから新寺町を抜け、下谷広小路に出た。そして、不忍池の畔の料理屋の表に町駕籠を着けた。

雲海坊と由松は見届けた。

肥った楽翁は、町駕籠を降りて手代を従えて料理屋の暖簾を潜った。

「誰かと逢うんですかね……」

「きっとな……」

雲海坊と由松は、料理屋を窺った。

料理屋から下足番が現れ、店先の掃除を始めた。

「ちょいと訊いて来ますぜ」

由松は、掃除をしている下足番に近付いた。

「やあ。ちょいと尋ねるが……」

由松は、下足番に笑い掛けた。

下足番は、戸惑いを浮かべた。

「今入った十徳姿の肥った年寄り、目利きの楽翁さんだろう」

由松は、下足番に素早く小粒を握らせた。

「は、はい……」

下足番は、小粒を握り締めて頷いた。

「誰と逢っているのかな……」

「神田鍋町《なべちょう》の京屋《きょうや》って呉服屋の旦那さまですが……」

「呉服屋京屋の旦那……」

「ええ……」

下足番は頷いた。

「そうか……」

由松は、呉服屋『京屋』の旦那が出て来たら合図をくれるように下足番に頼んだ。

薬種問屋『大黒堂』隠居の楽翁は、目利きとして神田鍋町の呉服屋『京屋』の旦那と逢っている。

「さあて、何の目利きをしているのやら……」

雲海坊は苦笑した。

「そいつは後で京屋の旦那に訊いてみますが、念仏の宗平、向島の寺から盗んだ観音さまを楽翁の処に持ち込むつもりなんですかね」

由松は、想いを巡らせた。

「きっとな。そして、何を企んでいるのか……」

雲海坊は眉をひそめた。


浅草今戸町は、隅田川沿いにあって寺が多い町だ。

勇次と新八は、小柄な年寄りの旅の雲水が泊まっていないか訊き歩いた。

だが、念仏の宗平らしき旅の雲水は、容易に見付からなかった。

念仏の宗平は、今戸町に連なる寺にはいないようだ。

勇次と新八は、今戸町の隣の橋場町の寺に向かった。


枯葉を燃やした煙は、ゆっくりと立ち昇っていた。

橋場町の寺の境内では、寺男が枯葉を掃き集めて燃やしていた。

勇次と新八は、寺男に聞き込みを掛けた。

「小柄な年寄りの旅のお坊さまですか……」

寺男は、掃除の手を止めて訊き返した。

「ええ。此方に泊まっちゃあいませんか……」

新八は訊いた。

「宗念さんならお泊まりですが……」

寺男は告げた。

〝宗念〟は、念仏の宗平が坊主に化けた時の名前だ。

「勇次の兄貴……」

新八は緊張した。

「うむ。で、宗念さんは今、何処に……」

勇次は、寺を窺った。

「朝、托鉢に出掛けましてね。留守ですよ」

寺男は告げた。

勇次と新八は、漸く盗賊念仏の宗平の足取りを摑んだ。

微風が吹き抜け、焚火《たきび》の煙は激しく揺れて飛び散った。

南町奉行所の庭には木洩れ日が揺れた。

久蔵は、和馬と幸吉を用部屋に招いた。

「して、柳橋の。念仏の宗平の八年間が分かったそうだな」

久蔵は尋ねた。

「はい。念仏の宗平、八年前、大川で亀戸の大百姓の市次郎さんに助けられて命を取り留め、そのまま下男奉公をしていました……」

幸吉は報せた。

「そうか……」

「運の強い奴だな……」

和馬は苦笑した。

「して。そいつがどうして昔の形で江戸に舞い戻ったのかな……」

久蔵は、幸吉に話の先を促した。

「はい。それなのでございますが……」

幸吉は、大百姓の市次郎が江戸で卒中で倒れ、亀戸村の屋敷に戻って死に、宗平が弔いの後に姿を消した事を告げた。

「市次郎が卒中で死んだ後にな……」

久蔵は眉をひそめた。

「はい……」

「柳橋の、市次郎は何しに江戸に来たのだ」

和馬は尋ねた。

「それが、畑から出た唐金の小さな観音像の目利きをして貰いに来たそうです」

幸吉は眉をひそめた。

「目利きを気取っている大黒堂の隠居の楽翁か……」

久蔵は読んだ。

「じゃあないかと……」

幸吉は頷いた。

「よし。和馬、柳橋の、とにかく楽翁を洗うんだな」

久蔵は、小さな笑みを浮べた。

不忍池の畔の料理屋から下足番が現れ、木陰にいる由松に目配せをした。

「雲海坊さん、楽翁と逢っていた京屋の旦那が出て来ます」

由松は、雲海坊に報せた。

「よし。楽翁がどんな目利きをしたのか訊いてみな」

雲海坊は、料理屋を見詰めた。

初老のお店の旦那が、風呂敷包みを抱えて料理屋から出て来た。

神田鍋町の呉服屋『京屋』の旦那だ。

「じゃあ……」

由松は見定め、不忍池の畔を行く旦那を追った。

雲海坊は残り、楽翁が出て来るのを待った。


「如何様師《いかさまし》……」

由松は眉をひそめた。

「ええ。何が目利きの楽翁ですか。私の折紙付きの織部《おりべ》の茶碗を贋物かもしれないと云い出しましてね」

呉服屋『京屋』の旦那は、風呂敷包みを抱えて腹立たしげに告げた。

「贋物……」

「ええ。それで、自分が二十両で買い取ると。冗談じゃありませんよ。ありゃあ他人のお宝を贋物だと目利きして安く買い叩く騙り、如何様師です」

旦那は、怒りを露わにして楽翁を罵《ののし》った。

「酷い話ですね」

「ええ。私は如何様師だと気が付いたから良かったが、騙された人もいるんだろうね」

旦那は、騙された者に同情した。

「きっと……」

由松は頷いた。

「あんな如何様師の目利き、さっさとお縄になれば良いんだよ」

旦那は吐き棄てた。


隅田川に夕暮れが近付いた。

勇次と新八は、浅草橋場町の片隅にある小さな寺を見張った。

雲水の宗念こと念仏の宗平は、托鉢から中々帰って来なかった。

「そろそろ、托鉢を終えて帰って来ますかね」

新八は、浅草広小路からの往来を眺めた。

往来には、仕事を終えた人々が行き交い始めていた。

「ああ……」

勇次は、新八と共に往来を眺めながら小さな寺を見張った。

駒形町の薬種問屋『大黒堂』の日除暖簾は西日に照らされた。

清吉は、駒形堂の前から見張っていた。

町駕籠が手代を従え、薬種問屋『大黒堂』の前に着いた。

清吉は見守った。

十徳姿の肥った老人が町駕籠から下り、手代を従えて薬種問屋『大黒堂』に入って行った。

清吉は見送った。

「あの肥ったのが隠居の楽翁だ」

由松と雲海坊が追って現れた。

「由松さん、雲海坊さん……」

「大黒堂を見張っていたのか……」

「はい。それに念仏の宗平の分った事を雲海坊さんと由松さんに報せろと、親分に云われまして……」

「ほう。念仏の宗平の事、何か分かったのかい……」

雲海坊は尋ねた。

「はい……」

清吉は、念仏の宗平の亀戸村での八年間と、命の恩人の大百姓の市次郎の死ぬ迄の経緯《いきさつ》を報せた。

「で、目利きの楽翁か……」

由松は眉をひそめた。

「はい。親分はそう睨んでいます」

清吉は頷いた。

「市次郎さんと楽翁の間で何か揉め事でもあり、それが元で市次郎さんは卒中で倒れたのかもな……」

雲海坊は読んだ。

「はい……」

清吉は頷いた。

「雲海坊の兄貴、ひょっとしたら念仏の宗平、目利きの楽翁を恨んでいるのかもしれませんね……」

由松は睨んだ。

「ああ……」

雲海坊は頷いた。

薬種問屋『大黒堂』は、西日に照らされていた。

橋場町の小さな寺は夕暮れに覆われた。

念仏の宗平らしき雲水は、小さな寺に戻って来なかった。

「宗平の奴、塒を変えたのかもしれませんね」

新八は読んだ。

「うん。同じ寺に二日ぐらいしか泊まらないのかもしれない」

勇次は読んだ。

「ええ……」

新八は頷いた。

油断はない……。

勇次は、念仏の宗平が慎重に動いているのを知った。

隅田川を行く船は船行燈を灯した。

四

「そうか、念仏の宗平、泊まる寺を二日ぐらいで変えているのか……」

幸吉は眉をひそめた。

「はい。油断をせず、何かをしようとしているんです」

勇次は告げた。

「おそらく、卒中で死んだ命の恩人の市次郎に拘わる事で、薬種問屋大黒堂の隠居楽翁に恨みでも晴らそうとしているんじゃあ……」

雲海坊は読んだ。

「きっとな……」

幸吉は頷いた。

「如何様目利きの楽翁、市次郎にどんな騙りを仕掛けたのか……」

由松は、微かな怒りを過ぎらせた。

「おそらく、市次郎さんが畑の隅から見付けた唐金の小さな観音像の目利きを巡っての事だろう」

幸吉は読んだ。

「唐金の小さな観音像ですか……」

「ああ。市次郎さんはそいつの目利きをして貰いに江戸に出て来た。そして、卒中で倒れて亀戸に運ばれた時には、唐金の小さな観音像は持っていなかったそうだ」

幸吉は告げた。

「楽翁の野郎の仕業……」

由松は読んだ。

「如何様目利きの楽翁にとって亀戸の市次郎さんを手玉に取るなど、楽な仕事ですか……」

勇次は睨んだ。

「ああ。折角、八年前に盗っ人の足を洗った宗平が再び念仏の宗平として現れたのは、その辺りだな……」

幸吉は読んだ。

「はい……」

「だとしたら、念仏の宗平は必ず楽翁に繋ぎを取る。楽翁から眼を離すな」

幸吉は命じた。

大川の流れは朝陽に煌めいた。

駒形町の薬種問屋『大黒堂』は、大戸を開けて暖簾を掲げた。

雲海坊、由松、清吉は、薬種問屋『大黒堂』を見張り、勇次と新八は周辺の寺に念仏の宗平を捜した。

「どうだ……」

和馬と幸吉がやって来た。

「今の処、楽翁は出掛けていませんし、宗平らしい雲水が来てもいませんよ」

雲海坊は苦笑した。

「そうか……」

和馬は頷いた。

「どうします……」

幸吉は、和馬の出方を窺った。

「うん。亀戸の市次郎の家の者が、唐金の小さな観音像を探していると云って、目利きの楽翁に逢ってみるさ」

和馬は笑った。

「じゃあ、お供しますよ」

幸吉は頷いた。


隠居の楽翁は、和馬と幸吉を離れの隠居所に通した。

庭に面した座敷の次の間には、様々な仏像や置物、茶碗や壺、書や絵などの様々な骨董品が飾られ、置かれていた。

和馬と幸吉は、感心した面持ちで骨董品を見て廻った。

「お待たせ致しました。当家の隠居、目利きの楽翁にございます」

肥った目利きの楽翁が現れ、和馬と幸吉に挨拶をした。

「うむ。私は南町奉行所の神崎和馬、こっちは岡っ引の柳橋の幸吉だよ」

和馬は、自己紹介し、幸吉を引き合わせた。

幸吉は会釈をした。

「それはそれは、南町奉行所の神崎さまと柳橋の親分さんですか。ま、どうぞ……」

楽翁は、肥った身体を揺らして和馬と幸吉を茶の出されている座敷に誘った。

「うむ。邪魔をするよ」

和馬と幸吉は、楽翁と対座した。

「で、御用とは……」

楽翁は、和馬を見詰めた。

「うむ。お前さん、亀戸村の大百姓の市次郎を知っているね」

「亀戸村の市次郎さんですか……」

「ああ……」

「さあて。手前は毎日のように目利きを頼まれて人と逢っていますので……」

楽翁は、埋れた首を捻った。

「そうか、唐金の小さな観音像の目利きを頼みに来た人だよ」

「あっ、唐金の小さな観音像を持ち込まれた方ですか……」

「思い出したかい……」

「はい。あの唐金の観音像は型で作られた安物でしてね。亀戸村の市次郎さんですか、がっかりしてお帰りになりましたよ」

楽翁は笑った。

「本当か……」

和馬は、楽翁を鋭く見据えた。

「は、はい……」

楽翁は頷き、僅かに視線を逸らした。

「楽翁さん。その時、市次郎さん、他の目利きにも逢うと仰ってはいませんでしたか……」

幸吉は訊いた。

「さあ。そこ迄は……」

「覚えちゃあいませんか……」

幸吉は笑い掛けた。

「ええ。で、神崎さま、市次郎さんがどうかされたのですか……」

楽翁は、和馬に尋ねた。

「卒中で倒れてね。亡くなったよ」

和馬は、楽翁を見据えて告げた。

「それはそれは、お気の毒に……」

楽翁は、眼を瞑って手を合わせた。

「じゃあ、楽翁、お前さんは亀戸村の市次郎を良く知らないのだな」

「はい。左様にございます」

楽翁は、眼を開け、合わせていた手を解いて和馬を見詰めた。

「そうか。良く分かった。楽翁、唐金の小さな観音像、此から又目利きを頼まれるかも知れぬ。その時は直ぐに報せるんだぜ」

和馬は釘を刺した。

「は、はい……」

楽翁は、戸惑いを浮かべて頷いた。

「じゃあ、頼んだぜ」

和馬は笑い掛けた。

「惚けやがって……」

和馬は吐き棄てた。

「狡猾で強《したた》かな奴ですね、楽翁……」

幸吉は眉をひそめた。

「尻尾を出しませんか……」

雲海坊は苦笑した。

「ああ……」

幸吉は頷いた。

「親分、旦那……」

薬種問屋『大黒堂』を見張っていた清吉が、文箱に付けた風鈴を鳴らしながらやって来た便り屋を示した。

便り屋は、薬種問屋『大黒堂』に入って行った。

「便り屋、誰に手紙を届けに来たんですかね」

清吉は眉をひそめた。

便り屋は、薬種問屋『大黒堂』から直ぐに出て来た。

「よし。誰が誰に手紙を出したのか、訊いてみますぜ」

由松は、便り屋を追った。

「あっしも行きます」

清吉が続いた。

「ちょいと待ちな……」

清吉は、便り屋を呼び止めた。

「はい……」

便り屋は、立ち止まって振り返った。

清吉と由松が駆け寄った。

「お手紙ですか……」

便り屋は、清吉と由松を手紙を頼む客だと思った。

「いや。今、大黒堂の誰に手紙を届けたんだい……」

由松は、便り屋に尋ねた。

「ああ、大黒堂には隠居で目利きの楽翁さま宛のお手紙ですよ」

「隠居で目利きの楽翁宛の手紙……」

清吉は眉をひそめた。

「で、頼んだのは誰ですかい……」

由松は訊いた。

「お坊さんですよ」

「坊主……」

「由松さん……」

「何処の寺のどんな坊主だい……」

「東本願寺前の寺町の甲仙寺《こうせんじ》って、新堀川に面した寺で、小柄な年寄りの坊さんですよ」

念仏の宗平だ……。

由松は見定めた。

「そうか。造作を掛けたね」

由松は、礼を述べて便り屋を解放した。

「どうします」

「うん。清吉は和馬の旦那と親分たちに報せてくれ。俺は甲仙寺に行ってみる」

「合点です。じゃあ……」

清吉は、薬種問屋『大黒堂』に走った。

由松は、新堀川沿いの甲仙寺に急いだ。

新堀川は東本願寺の西側を抜け、鳥越川と合流して大川に流れ込んでいる。

由松は、甲仙寺に急いだ。

「由松さん……」

勇次と新八が駆け寄って来た。

「勇次、新八、念仏の宗平は新堀川沿いの甲仙寺だ」

由松は、歩みを止めずに告げた。

「甲仙寺……」

「ああ。宗平が甲仙寺の前から楽翁に手紙を寄越した」

由松は告げた。


甲仙寺の境内は静けさに満ちていた。

「じゃあ、あっしが庫裏《くり》で訊いてみます」

「うん。新八、宗平が逃げ出すかもしれない。裏に廻れ。表は俺が見張る」

由松は指示した。

「承知……」

新八は、甲仙寺の裏に走った。

「じゃあ……」

勇次は、庫裏に向かった。

甲仙寺は、静けさに満ちたまま僅かな刻が過ぎた。

念仏の宗平が逃げ出して来る事はなかった。

勇次が、庫裏から出て来た。

「どうやら逃げられたようだな」

由松は読んだ。

「ええ。一足違いで旅立ったそうです」

勇次は、悔しさを滲ませた。

「そうか……」

甲仙寺の裏から新八が、塗笠に着流しの久蔵と一緒にやって来た。

「こりゃあ、秋山さま……」

由松と勇次は、戸惑いを浮かべた。

「やあ。駒形町に行こうと思って通ったら新八が見えてな。念仏の宗平、楽翁に手紙を出して立ち去ったようだな」

「はい……」

勇次は頷いた。

「となると宗平、いよいよ楽翁と逢うつもりだな……」

久蔵は読んだ。

「秋山さま……」

「よし。勇次と新八は、此の事を和馬と柳橋に報せな。俺は由松と不忍池の畔の茶店にいるぜ」

　久蔵は微笑んだ。

　不忍池は煌めいた。

　古い茶店は、〝茶〟と書かれた旗を微風にはためかせていた。

　久蔵は、由松と茶店の縁台に腰掛けて茶を飲み、一件の進み具合を訊いた。

「そうか。目利きの楽翁。かなり狡猾で強かな奴のようだな」

「はい。和馬の旦那と親分、呆れていましたよ……」

「念仏の宗平が慎重になる訳だな……」

「ええ……」

「で、楽翁が骨董品の目利きを頼む客と逢うのは、あの料理屋なんだな」

　久蔵は、離れた処にある料理屋を眺めた。

「はい。神田鍋町の呉服屋の旦那は、あの料理屋で織部の茶碗ってのを目利きして貰いましたよ」

「宗平、そこ迄調べて楽翁を呼び出すのかもしれないな」

　久蔵は読んだ。

「じゃあ、念仏の宗平もあの料理屋に……」

由松は、料理屋を見詰めた。

「現れるかもな……」

久蔵は茶を啜った。

不忍池は煌めき、畔に木洩れ日が揺れた。

薬種問屋『大黒堂』の小僧は、町駕籠を呼んで来た。

「和馬の旦那、親分、楽翁が出掛けるかも……」

雲海坊は睨んだ。

「うむ……」

和馬は、薬種問屋『大黒堂』を見詰めた。

楽翁が手代を従えて現れ、町駕籠に乗った。

「勇次……」

幸吉は、勇次に目配せをした。

「はい。新八、行くぜ……」

勇次は、新八を促して楽翁の乗った町駕籠と手代を追った。

「雲海坊、清吉、念仏の宗平が来るかもしれない。此処を頼むぜ」

「承知……」

雲海坊と清吉は頷いた。

和馬と幸吉は、勇次と新八に続いた。


「秋山さま……」

由松は、緊張した声で久蔵を呼んだ。

「うん……」

「雲水です……」

由松は、不忍池の畔を来る饅頭笠を被った小柄な旅の雲水を示した。

「身体付きと足取りから見て年寄りだな」

久蔵は読んだ。

「どうします……」

「此のまま様子を見るぜ」

久蔵は、笑みを浮かべて茶を啜った。

旅の雲水は、料理屋の前に立ち止まって饅頭笠をあげて眺め、再び歩き出して茶店に向かって来た。

由松は、緊張を隠すように喉を鳴らして冷えた茶を飲んだ。

旅の雲水は、茶店に入って亭主に茶を頼み、背負っていた荷物を降ろした。

「お邪魔しますよ」

旅の雲水は、久蔵と由松に挨拶をして縁台の端に腰掛け、饅頭笠を取った。

念仏の宗平……。

久蔵は見定め、苦笑した。

「お待たせしました」

茶店の亭主は、宗平に茶を運んで来た。

宗平は、美味そうに茶を啜った。

「その荷物の中に、向島の弘西寺から盗んだ観音さまがあるのか……」

久蔵は笑い掛けた。

「お侍……」

宗平は、弾かれたように立ち上がって身構えた。

由松が素早く後ろを塞いだ。

宗平は狼狽えた。

「落ち着け、念仏の宗平。俺は南町奉行所の秋山久蔵だ」

「えっ……」

宗平は立ち竦んだ。

「命の恩人の亀戸の市次郎を騙し、卒中での死に追い込んだ目利きの楽翁に恨みを晴らす為、盗っ人に戻ったか……」

「秋山さま……」

「宗平、江戸で卒中で倒れて亀戸に運ばれた市次郎は、不自由な口でお前に何事かを云い残して死んだのだな」

久蔵は読んだ。

「は、はい……」

宗平は頷いた。

「市次郎、何と云い残したのだ……」

「目利きの楽翁、唐金の観音さまを型で作った安物だと云って買い叩き、騙し取られたのに気が付き、情けなくて悔しくて惨めだと……」

宗平は、悔しさを滲ませた。

「それで、弘西寺の観音像を盗み、餌にして目利きの楽翁に近付いたのか……」

「はい。穏やかな市次郎の旦那の頭に血を昇らせ、卒中で倒れる程に怒らせ、悔しがらせたのは、目利きの楽翁なんです。楽翁が目利きをしなければ、市次郎の旦那は卒中で倒れる事はなかったのです」

宗平は、怒りに嗄れ声を震わせた。

「宗平。市次郎が楽翁に騙され、怒りの果てに卒中になったかどうかは分からぬが、目利きの楽翁の悪辣さは罪に問われ、裁かれて当然の事だな」

久蔵は、冷ややかな笑みを浮かべた。

「あ、秋山さま……」

宗平は、戸惑いを浮かべた。

「ならば宗平、目利きの楽翁の悪辣な騙りの確かな証拠、摑んでみるのだな」

久蔵は笑い掛けた。

目利きの楽翁を乗せた町駕籠は、料理屋の前に着いた。

仲居頭と下足番が迎えに出て来た。

目利きの楽翁は町駕籠を下りた。

「いらっしゃいませ……」

目利きの楽翁は、仲居頭と下足番に迎えられ、手代を従えて料理屋に入って行った。

町駕籠が立ち去り、勇次と新八が追って現れた。

「目利きの楽翁、此の料理屋で宗平と逢うんですかね」

新八は、料理屋を眺めた。

「きっとな……」

勇次は頷いた。

「此の料理屋か……」

幸吉と和馬が追って来た。

「はい……」

新八は頷いた。

「南町奉行所の神崎の旦那に柳橋の親分さんですかい……」

料理屋から下足番が出て来た。

「こちらにございます」

目利きの楽翁は、仲居頭に誘われて座敷に入った。

座敷には、念仏の宗平と由松がいた。

「やあ。宗念さん、お待たせしましたね」

「いえ。拙僧たちも今、来たばかりです」

宗平は笑った。

「そうですか。では、早速ですが、品物をお見せ下さいますか……」

「はい……」

宗平は、控えていた由松を促した。

由松は頷き、傍らの荷物から一尺程の木彫りの古い観音像を出した。

「折紙や箱書はございませんが、その昔、仏師運慶が彫ったと伝えられる観音像です」

宗平は、古い観音像を押し出した。

「拝見しますよ」

楽翁は、古い観音像を手に取って鋭い眼差しで目利きを始めた。

宗平と由松は、古い観音像を目利きする楽翁を見守った。

「ふうむ……」

楽翁の目利きは続いた。

「如何ですか、古《いにしえ》より各地の寺に秘かに伝えられる運慶の観音像、おそらく此が最後の物かと思われます」

宗平は微笑んだ。

「宗念さん、此の観音像、残念ながら運慶ではございませんな」

楽翁は、哀れむように宗平を見た。

「えっ……」

宗平は、戸惑いを浮かべた。

「運慶の贋作、運慶の彫った観音像ではありませんよ」

楽翁は告げた。

「ま、まさか……」

宗平は驚いた。

「お気持ちは良く分かりますが、運慶に巧みに似せた観音像。運慶の気や勢いは感じられません。贋作であるのは曲げられぬ事実……」

楽翁は、宗平を見据えて自信に満ちた面持ちで目利きした。

「そうですか……」

宗平は、落胆に大きく肩を落した。

「此の楽翁にも辛い目利き。宗念さん、もし宜しければ、此の偽の運慶の観音像、手前が引き取りましょうか……」

楽翁は、宗平に告げた。

「楽翁さんが、此の偽の運慶の観音像を引き取ってくれるのですか……」

「はい。此からの目利きの手本に出来ますし、贋作と知ってお買いになる方もおいでになりますし、十両で如何でしょうか……」

楽翁は、宗平に笑い掛けた。

「十両……」

宗平は眉をひそめた。

「はい。運慶の贋作で十両。決して御損にはなりませんが、如何ですか……」

楽翁は、宗平に狡猾な眼を向けた。

「成る程。こうやって、亀戸村の市次郎の旦那を騙し、唐金の観音像を騙し取ったのですかい……」

宗平は、怒りを込めて楽翁を睨み付けた。

「えっ……」

楽翁は、戸惑いを浮かべた。